Sabine Zett
Cool bleiben, Hugo!

Alle Bände von Hugo:

Band 1: Hugos geniale Welt
Band 2: Hugos Masterplan
Band 3: Hugo hebt ab!
Band 4: Very important Hugo
Band 5: Hugo chillt
Band 6: Cool bleiben, Hugo!

Sabine Zett

Cool bleiben, HUGO!

Mit Illustrationen von Ute Krause

Band 6

Loewe

Für Melissa und Vincent!

FSC
www.fsc.org
MIX
Papier aus verantwortungsvollen Quellen
FSC® C083411

ISBN 978-3-7855-8190-2
1. Auflage 2015 als Loewe-Taschenbuch

Dieses Werk wurde vermittelt durch die
Michael Meller Literary Agency GmbH, München
Umschlag- und Innenillustrationen: Ute Krause
Umschlaggestaltung: Elke Kohlmann
Printed in Germany

www.loewe-verlag.de

Inhalt

STECKBRIEF

NAME: Hugo Kotsbusch (ich hasse meinen Nachnamen!)

ALTER: verrate ich nicht (ich fühle mich aber schon lange wie 16, auch wenn ich noch nicht so aussehe!)

FAMILIE: Mama und Papa (lieb, aber viel zu alt)
Anna, meine große Schwester (die totale Pest!)

AUSSEHEN: eine Mischung aus berühmten Stars (also unfassbar gut aussehend – hallo, Mädels!!!)

ÜBER MICH: cooler Typ, genialer Schüler, Held der Schule, super Sprüche auf Lager, auf dem Weg zum Multimillionär (aber Finger weg von meinem Geld!!!)

HOBBYS: Sport (Fußball, Handball, Judo, Schwimmen und sogar Ballett habe ich schon ausprobiert!), Detektivarbeit (wie die coolen Agenten im Fernsehen!), auf der Bühne stehen (ich werde bestimmt ein Star!) und Geldbeschaffungsideen entwickeln (ich bin immer pleite!)

LIEBLINGSWORT: Fächerassistenz (statt Nachhilfe!)

ICH HASSE: Shoppen (wer hat das bloß erfunden?)

BESTER FREUND: Nico (steht auf Sprüche wie: „Komm, kleiner Käfer, kannst Klobürsten klauen" oder: „Sag dreimal schnell hintereinander: Die Post ist mit Paketen bepackt!")

FEINDIN NUMMER EINS: Laura Berg (die fieseste aller fiesen Ratten, weil sie sich über meinen Nachnamen lustig gemacht hat!)

VERLIEBT IN: KEINE!!! 

GANZ OKAY FINDE ICH: Viola K., Laura B., Lucy S., Clara D., Linda K., Paula B., Victoria K., Julia A., Tabea N., Hanna-Marie W., Coco R., Mia H., Sophie D., Annabell P., Tessa K., Emma S., Carolin G., Mel Z., Alexandra B. und noch einige andere.

(Aber wen ich okay finde, darf niemand wissen außer Nico, doch der hält dicht!)

Bye-bye Einzel-King!

Hilfe!

Ich kann mich nicht rühren!

Ich werde bedroht!

Die krabbelnden, gruseligen Monster kommen immer näher. Sie kriechen auf mich zu, strecken ihre Arme nach mir aus und geben dabei schauerliche Laute von sich. Ich versuche, um Hilfe zu schreien, aber meine Stimme geht in dem schrecklichen Geheul unter.

Warum hört mich niemand?

Wo ist der Knopf der Alarmanlage?

Wo steht das Telefon?

Jemand muss mich retten, bevor mich die furchtbaren Gestalten ganz in ihre Klauen bekommen! Sie scheinen sich schlagartig zu vermehren und haben mich schon umzingelt! Sie fangen an, nach mir zu greifen!

Nein!

Nun erblicke ich ihre Waffen, die sie in den Händen tragen, und meine Angst steigt ins Unermessliche. Sie schauen aus wie bunte Rasseln und Schnuller und die schreienden Kreaturen werden garantiert gleich damit zuschlagen!

Hilfe!!!

Moment mal.

Rasseln und Schnuller?

Was wird hier gespielt?

Jetzt sehe ich auch noch die stinkenden Windelberge, die wie aus dem Nichts aufgetaucht sind und eine Mauer um mich errichtet haben …

Es gibt kein Entkommen!

Lasst mich hier raus!

Windeln???

„Hugo! Hugo! Wach endlich auf! Beruhige dich! Was ist denn los? Hattest du einen Albtraum?“ Von weit her mischt sich die Stimme von Mama in das Geschrei der Monster und lässt mich die Augen öffnen.

Endlich.

Die Monster sind weg.

Ein Glück!

Ich bin schweißgebadet.

„Was ist passiert?“, murmele ich noch immer ängstlich und prüfe rasch, ob meine Mütze nicht verrutscht ist. Ein Blick auf die Uhr verrät mir, dass mein Wecker erst in anderthalb Stunden klingeln wird.

„Du hast um Hilfe geschrien und hattest offensichtlich einen Albtraum. Ganz ruhig, Hugo! Ach ja, und … warum hast du eigentlich eine Mütze beim Schlafen auf?“

„Damit die Haare morgens liegen“, antworte ich und wundere mich, dass sie das nicht selbst erkennt. „Meine komischen Locken stehen sonst immer ab. So kann man nicht unter Menschen gehen.“

„Aha.“ Mama gähnt und setzt sich auf mein Bett.

Ich kann ganz deutlich ihren runden Bauch sehen und dadurch fällt mir schlagartig alles wieder ein:

Demnächst ist mein Leben zu Ende.

Na ja, vielleicht nicht das ganze Leben, aber zumindest der freie, unbeschwerte und glückliche Teil davon.

In wenigen Wochen bekommen wir nämlich ein Baby.

Das heißt, nicht wir, denn ich hatte nichts damit zu tun, sondern meine Eltern. Aber sobald sie es jemandem erzählen, sagen sie: „Wir bekommen es." Und ich soll dann immer lächeln und nicken und so tun, als ob ich mich freuen würde.

Tue ich aber nicht.

Ich will kein jüngeres Geschwisterkind, das mich nerven und mir meinen Platz als Familienliebling streitig machen wird. Und das meine ganzen Pläne für immer durcheinanderbringen wird. Die Pläne vom großen Einzel-King.

Nein, ich meine nicht Einzelkind, denn das bin ich nicht.

Meine Schwester Anna ist fast fünf Jahre älter als ich und die totale Pest. Sie ist in der Schule eine Streberin, nimmt nie Rücksicht auf mich und petzt meinen Eltern alles. Ich habe es bisher nur deshalb mit ihr ausgehalten, weil ich wusste, dass sie lange vor mir Abitur machen und dann vermutlich ausziehen wird. Damit wäre ich dann endlich der begehrte Einzel-King.

Jeder weiß, dass die nicht teilen müssen, von allen verwöhnt werden und die großen Heros zu Hause sind, weil sich alles um sie dreht. Darauf habe ich jahrelang gewartet.

Aber jetzt ist es vorbei mit diesem schönen Traum!

Für immer!

Scheibenkleisterkacke!

Mein bester Freund Nico Kolping bestätigt meine Theorie, dass kleine Geschwister die große Strafe sind. Lebenslang. Glaube ich ihm sofort, da er eine jüngere Schwester hat, die eine echte Nervensäge sein soll. Ich sehe Maria-Victoria zum Glück nur selten, denn wir machen ihr bei Kolpings zu Hause immer die Tür vor der Nase zu, damit sie uns nicht ausspionieren kann. Nico sagt, dass sie total neugierig ist und am liebsten immer bei ihm im Zimmer wäre.

Das geht gar nicht!

Ich ahne, dass ich demnächst ein Riesenschloss an meiner eigenen Tür anbringen muss.

Ohne auf mich Rücksicht zu nehmen, haben mich meine Eltern in eine unmögliche Situation gebracht. Erstens ist es voll peinlich, eine schwangere Mutter zu haben – schließlich ist sie mit ihren 42 Jahren schon uralt. Ich vermeide es daher meistens, mit ihr gesehen zu werden. Und zweitens plant dieses Kind, das in ihrem Bauch wächst, bestimmt schon ganz fiese Dinge gegen mich. Es wird garantiert immer das beste Stück von allen leckeren Dingen haben wollen, mir nichts gönnen, mich nur ärgern und das große Teilen von mir verlangen.

Kein Wunder, dass ich Albträume davon bekomme!

Ich weiß nicht einmal, *was* für ein Kind da bald aus Mama herauskommt – ein Junge oder ein Mädchen. Meine Eltern wollen sich nämlich diesmal „überraschen lassen", wie sie mindestens zweimal am Tag sagen. Das nervt vielleicht! Es gibt durchaus schönere Überraschungen, finde ich. Tolle Geschenke, die man niemals erwartet hätte, oder eine Zwei in der Englischarbeit, obwohl man eigentlich mit einer Vier gerechnet hat.

Seit Monaten ist das Hauptthema in unserer Familie nur das Baby, die bevorstehende Geburt und wie toll es doch sein wird, Weihnachten zu fünft zu sein. Ich kann mich nicht erinnern, wann so viel Theater mal um mich gemacht wurde. Der kleine Schreihals verdrängt selbst meine Superschwester Anna, die sonst die ganze Aufmerksamkeit bekommt. Niemand sagt etwas Negatives, und sobald ich andeute, dass es auch ganz anders werden könnte, sehen mich alle so strafend an, dass ich verstumme.

Man kann hier mit niemandem mehr Klartext reden!

Aber Tatsache ist doch, dass es von nun an drei Kinder geben wird, die zum Beispiel an Weihnachten Geschenke erwarten. Und da mein Vater weder mehr Geld verdient noch im Lotto jemals mehr als 12,50 Euro gewonnen hat, wird das vorhandene Budget jetzt auf drei Personen verteilt, und das finde ich nicht gerecht!

Viele Monate lang habe ich dieses Problem verdrängt, weil der Gedanke an ein kleines Kotsbusch-Kind unwirklich schien. Aber nachdem Mamas Bauch in den letzten Wochen von Tag zu Tag größer wurde und sich mittlerweile fast alle Gespräche der Erwachsenen nur noch um das eine drehen, fängt es an zu nerven!

„Willst du mir von deinem Albtraum erzählen?", fragt Mama.

Da mir Oma jedoch ständig eintrichtert, dass man Schwangere nicht aufregen darf, damit das Baby nicht zu früh kommt, erzähle ich ihr nichts von den Windelmonstern und schüttele nur den Kopf. „Schon vergessen."

„Dann schlaf noch eine Runde, ja? Ein bisschen Zeit bleibt dir."

Ich nicke. Dann traue ich mich, doch noch eine Sache anzusprechen. „Mama? Kann ich vielleicht in den Bürokeller ziehen? Wir könnten Papas Arbeitsraum mit meinem Zimmer tauschen."

„Du willst in den Keller?" Meine Mutter sieht mich verständnislos an. „Wieso das denn?"

Ich reibe mir die Augen. „Weil ich dann das ganze Babygeschrei nicht mitbekommen müsste."

„Sag mal, Hugo ..." Mama streicht mir über den Arm. „Ganz ehrlich: Hast du Angst davor, dass wir ein Baby im Haus haben werden?"

Angst?

Ich?

Ich denke an meinen Albtraum, schüttele aber den Kopf. „Ich habe doch keine Angst vor so einem Winzling! Ich meine, er kommt doch nicht bewaffnet heraus oder so. Und ich bleibe noch viele Jahre stärker als er. Und wenn es eine Sie ist, dann noch länger."

Mama sieht mich prüfend an. „So, so. Aber irgendetwas daran passt dir nicht, oder? Was ist denn los?"

„Na ja, ich habe mich nicht darum gerissen, großer Bruder zu werden“, sage ich vorsichtig, damit sich die Schwangere nicht aufregt. „Mich hat auch niemand gefragt. Das habe ich dir schon ein paarmal gesagt.“

Meine Mutter lächelt. „Komm, Hugo, das ist nicht dein Ernst! Diese Entscheidung haben Papa und ich allein getroffen, dafür mussten wir niemanden fragen.“

„Aber die Konsequenzen trägt die ganze Familie!“, protestiere ich. „Ich finde, Anna und ich hätten ein Mitspracherecht haben müssen!“

Mama seufzt. „Anna freut sich. Nur du tanzt mal wieder aus der Reihe.“

Ich richte mich auf, denn an Schlaf ist gar nicht mehr zu denken. „Ich bin sicher, Anna tut nur so, als ob sie sich freuen würde. Und ich bin gar nicht begeistert, ich gebe es zu. Waren wir zwei dir nicht genug? Ich verstehe das nicht! Also, was ist denn nun mit dem Keller? Das Baby könnte auch dorthin ziehen.“

„Was für eine dumme Idee! Du bleibst in deinem Zimmer und die Babywiege stellen wir erst einmal ins Schlafzimmer. Im Keller sind kleine Fenster und Kinder brauchen Tageslicht. Dass du das mit dem Baby so negativ siehst, finde ich schade, und ich hoffe, dass es sich noch ändert. Ich liebe euch alle drei über alles."

Jetzt sieht Mama doch aufgeregt aus, und ich beäuge sie ängstlich, ob sie schon kurz vor der Geburt steht. Wenn ich nämlich schuld daran sein sollte, würde es garantiert mindestens einen Monat Hausarrest und Taschengeldentzug geben. Deshalb sage ich jetzt lieber nichts mehr und tue so, als würde ich gleich einschlafen, damit sie sich wieder beruhigt.

Etwa zwei Stunden später radele ich unausgeschlafen und unzufrieden in die Folteranstalt, sprich Schule. Es ist herbstlich kalt und ziemlich dunkel, was zu meiner Weltuntergangsstimmung sehr gut passt. Nach dem Albtraum und dem unbefriedigenden Gesprächsausgang werde ich zusammen mit Nico überlegen müssen, welche Methoden es gibt, dem kleinen Schreihals aus dem Weg zu gehen und ihm klarzumachen, dass er ganz unten in der Kotsbusch'schen Rangordnung steht!

Ich ärgere mich, wertvolle Zeit verschwendet und das Problem verdrängt zu haben. Den ganzen Sommer habe ich nicht darüber nachgedacht, und als die Schule wieder losging, war mein Superbrain mit anderen Dingen beschäftigt. Und jetzt ist Ende November und fünf vor zwölf, wie Papa sagt, wenn etwas dringend erledigt werden muss.

Meinem genialen Hirn muss eine Lösung einfallen!

Vielleicht könnten wir zu Hause getrennte Mahlzeiten einführen. Zuerst Papa und ich, damit wir ausreichend und in Ruhe versorgt sind, und dann der Schreihals, Mama und Anna, die sich alle Reste teilen können.

Oder das Baby zieht jedes zweite Wochenende zu Oma? Außerdem wird diese Wiege wohl nicht die nächsten Jahre im Schlafzimmer meiner Eltern stehen, also muss es demnächst auch irgendeine räumliche Veränderung geben. Ich nehme mir vor, dann den Keller noch einmal anzusprechen. Damit hätte ich mein eigenes Reich und würde Mamas Antennen entwischen.

Auf dem Schulhof steuere ich direkt auf meinen besten Kumpel zu. „Komm mal mit, ich muss dringend mit dir reden!"

Nico quatscht gerade mit unserer Klassenkameradin Linda Kowalski und sieht nicht begeistert aus. „Können wir das nicht gleich klären? Linda erzählt mir gerade von diesem neuen Film, der im Kino läuft … Eine Komödie …"

Seitdem die Mädchen schmalzige Liebeskomödien bevorzugen, gehe ich nicht mehr mit ihnen ins Kino und mache deshalb einen auf beleidigt. „Gut, wenn du meinst, dass irgend so ein blöder Film, den sich fremde Leute ausgedacht haben, wichtiger ist als meine wahren Probleme in der Realität, dann lassen wir das.“

„Welche Probleme denn?“, fragt Nico, und auch Linda schaut mich neugierig an.

„Es geht um das B-Thema“, antworte ich. So nenne ich das Ding mit dem Baby, weil ich Mamas peinliche Schwangerschaft nicht zum Schulhofthema Nummer eins machen möchte.

Nico richtet sein Käppi. „Ach so“, sagt er. „Können wir das auch später besprechen? Oder ist es schon so weit?“ Er lacht gekünstelt und will wohl Linda mit seiner Coolness imponieren.

„Was denn? Welches B-Thema?“, fragt Linda. „Geht es um Biologie?“

Ich habe keine Lust, sie daran zu erinnern, dass Familie Kotsbusch ein Baby bekommt. Vor den Sommerferien hatte ich es kurz in der Klasse erzählt, aber zum Glück haben es danach fast alle anscheinend wieder vergessen. Nico musste mir versprechen, dass er es nicht mehr erwähnt, und auch ich habe die Sache äußerst geheim gehalten.

Nico schüttelt den Kopf. „Nicht um Bio…“, fängt er an, aber ich falle ihm ins Wort: „Gewissermaßen Biologie, ja. Ach, unwichtig. Dann macht mal weiter mit euren Komödien. Mich interessiert das nicht, ich stehe auf Actionfilme.“

Ich erwarte, dass mein bester Freund mir jetzt folgt, aber er nickt nur. „Ja, ja, wir reden später.“

Okay, bitte.

Ganz wie er meint.

Jetzt bin ich wirklich beleidigt.

Schulterzuckend wende ich mich ab. „Dann eben nicht.“

Ich marschiere in die entgegengesetzte Richtung des Schulhofs, wo meine anderen Kumpels stehen. Bully, Matthias, Jan und Dennis. Ich habe dringenden Gesprächsbedarf und kann nicht mit dem Thema warten.

„Jemand Erfahrung mit Schreihälsen?“, frage ich daher ohne Begrüßung. Als sie mich verständnislos anblicken, füge ich hinzu: „Mit jüngeren Geschwistern, meine ich."

Bully ist ein Einzel-King, das weiß ich, und ich beneide ihn seit Jahren darum. Er hat keine Ahnung, wie das ist, sich mit seiner Schwester zu streiten, alles zu teilen, auf seine Schätze aufpassen zu müssen und sich ständig dummes Zeug anzuhören.

Matthias und Jan nicken, während Dennis den Kopf schüttelt. „Keine Geschwister."

Der nächste Einzel-King! Der Glückliche!

Matthias grinst. „Zwei jüngere Brüder, einer in der Grundschule, der andere gerade frisch im Kindergarten."

Ich sehe Jan fragend an. „Und was kannst du anbieten?"

Jan zuckt mit den Schultern. „Du weißt doch, dass meine kleine Schwester vier Jahre alt ist."

Weiß ich das?

„Ich kann mir doch nicht von jedem von euch die Lebensgeschichte merken", sage ich. „Damit scheiden Bully und Dennis aus, während Matthias, Jan und ich eine kleine Konferenz einschieben müssen."

„Dürfen wir als passive Zuhörer dabei sein?", fragt Dennis.

Ich sehe mich um, ob uns auch niemand belauscht, und nicke dann: „Aber nur, wenn ihr den Fachleuten nicht ins Wort fallt und alles Besprochene topsecret bleibt."

Die Jungs stehen auf topsecret und nicken eifrig. Ich fasse kurz zusammen: „Meine Eltern finden, dass meine große Schwester und ich schon sehr erwachsen sind, und sie wollen jemand Neuen, den sie erziehen können. Deshalb bekommt meine Mutter noch ein Kind, wie ihr euch vielleicht erinnert. Ich brauche gute Tipps, wie man mit so einem Zwerg fertigwird. Ich will ihm möglichst aus dem Weg gehen, versteht ihr?"

Jan lacht. „Aus dem Weg gehen? Vergiss es, Hugo! Das klappt nicht. Wie willst du das anstellen? Du wirst wohl oder übel mithelfen müssen."

„Wie, mithelfen?", frage ich überrascht. „Wobei denn?"

„Bei allem", stimmt Matthias zu. „Du musst auf den Kleinen aufpassen, ihm beim Anziehen helfen, ihn füttern, ihn aufs Töpfchen oder Klo setzen, ihn bespaßen und vielleicht müsst ihr euch sogar das Zimmer teilen."

„Wie ätzend!", ruft Bully dazwischen. „Das kannst du nicht wollen, Hugolinski!"

Ich bin sprachlos, während Jan hinzufügt: „Das mit dem Zimmer passiert nur, wenn es ein Junge wird. Wird es ein Mädchen, dann zieht es wohl zu

Hugos Schwester. Aber alles andere läuft trotzdem genau so, wie Matthias es gesagt hat."

Dieser nickt fachmännisch. „Aber wünsch dir lieber, dass es ein Junge wird, dann könntest du mit ihm wenigstens Fußball spielen, Hugo. Meine Brüder sind anstrengend und totale Rabauken, aber zumindest dafür gut zu gebrauchen", sagt Matthias. „Den einen stellst du ins Tor und den anderen dorthin, wo es gerade passt."

Jan seufzt. „Du Glücklicher! Meine Schwester will immer nur, dass ich ihre Barbiepuppen kämme, mit ihr Kaufmannsladen spiele und sie huckepack überall herumtrage. Ich bin dann ein Pferd und sie die Prinzessin."

Bully und Dennis lachen sich schlapp, während ich vor Entsetzen kaum etwas sagen kann. „Aber Nico …

hat auch eine Schwester und muss das nicht machen", bringe ich hervor.

Jan sieht mich fast mitleidig an. „Seine Schwester ist nicht so klein wie meine, also hat er Glück gehabt. Mithelfen und auf sie aufpassen muss er aber trotzdem, glaub mir! Das musste deine große Schwester bei dir bestimmt auch! Das ist das harte Schicksal der älteren Geschwister."

Ich erinnere mich nur vage daran, aber er hat recht. Als ich klein war, war Anna oft an meiner Seite. Wie konnte ich das nur vergessen?

Dann keimt Hoffnung in mir auf: Vielleicht kann sie jetzt auch alles wieder übernehmen?

Bully mischt sich ein: „Außerdem hat Nico das bestimmt nur nie zugegeben. Ist voll peinlich, ein Barbieprinz zu sein oder das Pferd. Boah, bin ich froh, dass ich keinen aufs Klo setzen oder füttern muss. Hugo, du bist voll das Opfer!"

„Ey, was ist los?" Jonas M. und Jonas B. kommen auf uns zu und wollen natürlich wieder alles wissen. Die zwei gehören eigentlich nicht zu unseren besten Freunden, aber das hindert sie nicht daran, ihre neugierigen und hinterhältigen Nasen trotzdem überall hineinzustecken und uns auf den Geist zu gehen.

„Hugo ist ein Barbieprinz!", sagt Bully, und alle gackern los. Ich könnte ihn in dem Moment erwürgen. So viel zum Thema topsecret.

„Echt jetzt? Ich lach mich weg! Wo denn? In der Theater-AG?“ Zum Glück kapieren die beiden Jonasse gar nichts.

„Ganz genau“, sage ich, denn jeder weiß, dass ich in der Schul-AG mitmache und dort eine ganz große Nummer bin. „Aber falls wir das als Nächstes aufführen, dann spielt Bully die Rolle von Barbie.“

Während jetzt alle über Bully lachen, klingelt es zur ersten Stunde, und wir schlendern langsam zum Schulgebäude. Ich bin immer noch schockiert von den Geschwistergeschichten. Ich habe schon erwartet, dass es nicht toll ablaufen wird, aber jetzt erst wird mir klar, dass es noch viel schlimmer werden kann! Warum hat mir Nico das alles verschwiegen?

Aus den Augenwinkeln sehe ich, dass mein bester Freund nicht wie üblich zu uns kommt, sondern weiter neben Linda herläuft.

„Hugolinski!“, ruft Bully, dem das wohl auch gerade auffällt. „Nico und Linda? Steht der immer noch auf die?“

Normalerweise wäre ich jetzt solidarisch und würde mich nicht äußern, aber weil ich noch sauer auf meinen Kumpel bin, nicke ich grimmig. „Sieht so aus.“

Die Jungs grinsen. „Findet ihr das nicht langweilig, so viele Monate mit nur einer Tussi abzuhängen? Das fing doch schon im letzten Schuljahr an“, sagt Bully und schüttelt den Kopf. „Und er hält ihr immer noch die Treue!“

„Linda ist keine Tussi. Sie ist nett“, verteidigt sie Dennis. Eigentlich wäre das meine Aufgabe gewesen, aber ich schweige immer noch.

„Nico ist anscheinend der neue Frauenheld der Klasse“, sagt Jan. „Wer hätte das gedacht?“

Spätestens jetzt müsste ich ihm klarmachen, dass das eigentlich ich bin, aber ich winke nur ab. „Er war auch bei mir in der Ausbildung, also kein Wunder.“

Das Sandwichkind

Auf den Unterricht kann ich mich nicht konzentrieren. Meine Gedanken wandern immer wieder zu den Horrorstorys, die Jan und Matthias erzählt haben. Mir wird klar, dass Nico echt Glück gehabt hat. Der Altersunterschied zwischen ihm und Maria-Victoria ist wirklich nicht so groß, deshalb musste er wohl nicht so viel machen wie die anderen. Ich kenne ihn schon sehr lange und habe noch nie gehört, dass er seine Schwester füttern oder mit ihr Barbie spielen musste.

Aber zwischen mir und dem Baby werden dreizehn Jahre liegen. Wenn ich achtzehn bin und mein erstes Auto fahre, geht er oder sie noch in den Kindergarten. Ich muss unbedingt mit meinen Eltern reden und ihnen von vornherein klarmachen, dass ich für Babysitterdienste nicht zur Verfügung stehe. Es sei denn, das Aufpassen wird ausgezeichnet bezahlt und beinhaltet nicht, jemanden aufs Töpfchen zu setzen.

In den Pausen ist Nico zwar wieder bei uns, aber wir spielen alle auf der Wiese Fußball, daher kommen wir nicht zum Reden. Ist auch gut so, denn ich bin immer noch ein wenig sauer auf ihn. Erst nach Unterrichtsschluss können wir uns unterhalten.

„Hast du heute Zeit? Dann können wir über das B-Thema weitersprechen", sagt er, während wir zum Fahrradständer gehen. Das soll wohl so eine Art Wiedergutmachung sein und ich nehme dies als Entschuldigung an.

Zeit habe ich trotzdem nicht. „Nö. Meine Großeltern ziehen doch übernächstes Wochenende um und ich soll beim Kistenpacken helfen", antworte ich und bin immer noch mies gelaunt.

„Ach ja, stimmt. Es ist so schade um die geile Partyhütte", meint Nico, und ich nicke.

Das ist auch so ein B-Ding. Solange ich denken kann, wohnen Oma und Opa in einem Haus mit einem großen Garten. Es war gemütlich und man konnte dort allerhand Sachen anstellen. In ihrem Gartenhäuschen haben Nico und ich gemeinsam sogar eine legendäre Geburtstagsparty geschmissen. Aber plötzlich hieß es vor einigen Monaten, meine Großeltern würden in unsere Nähe ziehen. Und dann stellte sich heraus, dass sie ihr Haus verkauft und sich eine Wohnung gesucht haben. Ohne Garten und ohne Partyhaus.

Als ich Oma nach dem Grund fragte, erzählte sie mir etwas von „Hilfe brauchen“ und „dem Baby nahe sein“.

„Wegen Anna oder meinetwegen ist niemand umgezogen, aber der Schreihals versucht jetzt schon, mir meine Großeltern auszuspannen“, motze ich. „Deshalb wollte ich dringend mit dir reden!“

Nico wundert sich. „Was ist denn auf einmal los?“

„Jan und Matthias meinten vorhin, dass sie beim Füttern und anderen Dingen helfen und mit ihren Geschwistern spielen müssen. Du etwa auch? Warum tun Eltern ihren Kindern so etwas an?“

Mein Freund denkt nach. „Also, Maria-Victoria füttern musste ich nie. Nur hin und wieder auf sie aufpassen, auch heute noch, obwohl sie dann behauptet, dass es umgekehrt wäre. Manchmal spielen wir auch zusammen.“

„Das hast du mir nie erzählt!“, rufe ich entsetzt. „Mit Barbies?“

„Wo denkst du hin?“, antwortet Nico entrüstet. „Brettspiele oder Playstation. Aber da streiten wir uns immer um die Games. Meistens will sie so ein dämliches Tanzspiel machen und da haue ich ab.“

Das kann ich verstehen. Langsam ahne ich, dass ich es als jüngerer Bruder gar nicht so schlecht getroffen habe. Ich musste bisher noch nie Anna bespaßen, auf sie aufpassen oder gar mit ihr tanzen. Und wenn sie mich mal um einen Gefallen gebeten hat, dann gab es immer eine Gegenleistung dafür.

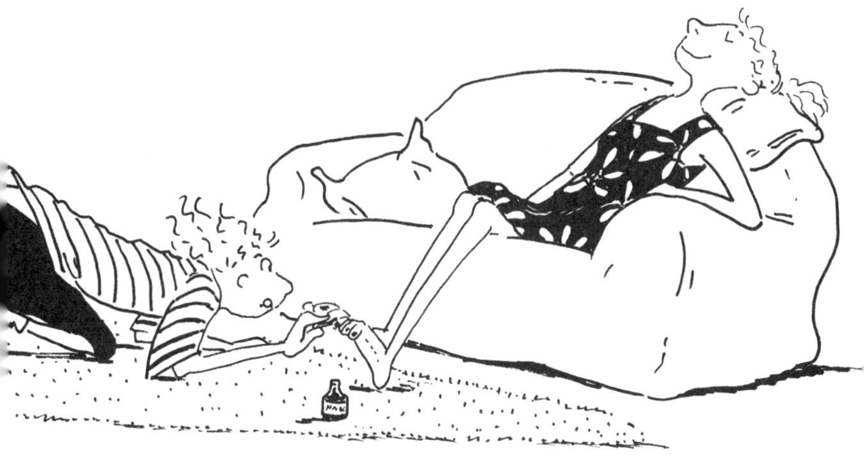

„Bekommst du von Maria-Victoria oder deinen Eltern eine Belohnung, wenn du auf deine Schwester aufpasst oder etwas für sie tust?", frage ich Nico, und dieser schüttelt den Kopf. „Natürlich nicht! Das läuft unter Bruderpflichten, sagt meine Mutter."

Das habe ich schon befürchtet.

Ein älterer Bruder zu werden, ist offensichtlich kein Zuckerschlecken, und meine Vorahnung ist absolut richtig. Das schöne Leben wird bald zu Ende sein!

„Du kannst nur hoffen", sagt Nico und setzt seinen Fahrradhelm auf, „dass du einen Bruder bekommst. Den kannst du dir nach deinem Vorbild erziehen und beim Babysitten mit ihm wenigstens alle Jungenspiele spielen. Auch wenn es einige Jahre dauern wird, bis er Fifa auf der Playstation kapiert hat."

Damit bestätigt mein Kumpel die Theorien der anderen, und ich denke wieder einmal, wie gemein und rücksichtslos die Erwachsenen doch sein können.

Meine Eltern haben sich nicht darum gekümmert, was ein neuer Kotsbusch in unserer Familie anrichten wird.

Eine Frechheit ist das!

„Übrigens, etwas ganz anderes", sagt Nico und grinst. „Hast du es schon gehört? Die Mädchen aus unserer Klasse wollen nicht mehr bei ihrem vollen Namen genannt werden."

Das verstehe ich nicht. „Wie meinst du das?"

„Linda heißt von jetzt an nur noch Lin, Lucy heißt Lu, Samantha Sam, Carolin Ca und so weiter", erklärt Nico.

„Was du alles weißt“, wundere ich mich. „Ich kann mich noch an die Zeit erinnern, als du mit den Frauen nichts zu tun hattest, und jetzt erzählen sie dir ihre Sorgen und Geheimnisse.“

Mein bester Freund läuft rot an, sieht aber ziemlich zufrieden aus. „Jap“, meint er. „Sie nehmen mich endlich ernst. Bestimmt, weil ich gewachsen bin.“

Ich will ihm die Illusion nicht nehmen, aber die Mädels sind dummerweise auch gewachsen, also ist Nico noch immer kleiner als die meisten von ihnen. Doch das sage ich nicht laut, denn es scheint ja gut für ihn zu laufen. „Aber Linda … ich meine Lin… ist immer noch deine Number one, oder?“

Jetzt ist sein Gesicht dunkelrot, aber er sieht mich entrüstet an. „Du weißt doch, dass wir nur gute Freunde sind!“

Ich nicke. „Ihr seid schon ganz schön lange gute Freunde.“

„Ich bin eben nicht so sprunghaft wie du!“, meint mein Kumpel herausfordernd.

„Was willst du denn damit sagen?“

Nicos Wangen sehen wieder normal aus. „Bei dir blickt doch kein Mensch durch, Hugo! Erst magst du Viola, dann plötzlich Laura, zwischendurch mal Lucy und dann …“

„Hallo! Bist du mein Beziehungsdoktor?“, unterbreche ich ihn aufgebracht. „Was heißt hier mögen? Ich bin doch nicht verliebt oder so etwas Blödes. Aber ich bin schließlich ein cooler Typ, ein genialer Schüler, habe super Sprüche auf Lager und kann nichts dafür, dass die Frauen auf mich stehen. Ich bin eben sehr begehrt und komme mit allen Mädchen gut klar. Und manche sind halt netter als andere."

Nico legt den Kopf schräg und sieht mich durchdringend an. „Aha. Aber wer ist denn deine erste Wahl? Immer noch Viola, obwohl sie anderthalb Jahre älter als du ist?"

Jetzt fühle ich, wie sich mein Gesicht rötet, und ärgere mich darüber. Cool bleiben, Hugo! So ein Quatsch! Ich interessiere mich für kein spezielles Mädchen!

Ich versuche, so zu tun, als ob ich nicht wüsste, wovon er spricht. „Viola? Wer war das noch mal? Ach so, du meinst das Mädchen aus der Klasse über uns, das ich früher mal gut fand? Die ist eeewig her."

„Gerade mal ein Jahr", sagt Nico. „Du kannst ruhig zugeben, dass du genau weißt, wen ich meine. Die sieht übrigens immer noch top aus!"

Das ist auch mir nicht entgangen, aber ich denke nicht daran, ihm zuzustimmen. Außerdem fällt mir auf, dass mein Freund es sehr geschickt angestellt hat, von sich selbst abzulenken und das Thema zu wechseln.

„Top sehen viele aus, aber ich hab zurzeit andere Probleme“, sage ich. „Mädchen interessieren mich nicht, es sei denn, sie sind gut in der Schule und lassen mich abschreiben. Ansonsten brauche ich keinen Stress mit ihnen. Du darfst derzeit der Frauenversteher Nummer eins sein und Onkel Hugo gibt dir ab und zu ein paar gute Tipps.“

Damit ist Nico einverstanden, denn er gefällt sich offenbar in der Rolle des Frauenverstehers. Wir klatschen uns ab.

„Die Namen der Mädchen sind kurz,
dafür ist Viola dem Hugo schnurz!“,
sagt Nico und strahlt. Seit wir im Deutschunterricht Gedichte durchgenommen haben, wollen wir beweisen, dass wir genauso begabt sind wie die berühmten Dichter. Deshalb sind wir zwischendurch immer sehr poetisch, indem wir spontan einen Zweizeiler dichten.

Mein Kumpel ist offensichtlich stolz auf seine geistigen Ergüsse, und ich denke einen Moment nach, dann hab ich es:

„Nico weiß, was Frauen fühlen,
zu Hause muss er mit Barbies spielen!“

Das findet er weniger lustig und behauptet außerdem, dass es kein reiner Reim sei und nicht der Wahrheit entspreche. Aber ich berufe mich grinsend auf meine künstlerische Freiheit und dann müssen wir schon los.

Da ich direkt zu Oma kommen soll, fahren wir heute in entgegengesetzte Richtungen. Während ich losradele, fängt es zu regnen an. „Blödes Herbstwetter!“, sage ich halblaut und spüre, wie mir das Wasser hinten in die Jacke, unter den Pullover und den Rücken entlangläuft. Meine Frisur ist damit auch ruiniert.

Ich bin bedient und hoffe, dass Oma und Opa mir für die Hilfe so dankbar sein werden, dass sie mir ein bisschen Geld zustecken werden. Irgendeine Belohnung muss es doch geben, auch wenn sie den Verlust des Party-Gartenhauses niemals wiedergutmachen können.

Im Haus meiner Großeltern ist es ungewohnt hektisch. Papa hat sich freigenommen und hilft Opa, irgendwelche Möbel auseinanderzuschrauben. Mama ist auch da und wickelt Unmengen von Tassen und Tellern in Zeitungspapier ein.

Oma begrüßt mich und deutet auf die Kellertreppe: „Opas Skatrunde ist auch hier und räumt gerade den Keller aus. Es wäre schön, wenn du deiner Mutter zur Hand gehen könntest, Hugo. Ich kümmere mich um die Verpflegung der ganzen Mannschaft. Es gibt Schnitzel, Bratkartoffeln und Speckbohnen."

„Oh nein!", protestiert meine Mutter. „Das sind Berge von Kalorien! Wenn ich die esse, bleibe ich auch nach der Geburt so dick wie jetzt."

Ich kann mir eine Bemerkung nicht verkneifen.

„Das hättest du dir früher überlegen müssen. Du warst so schön schlank und hast es freiwillig aufgegeben. Tja, selbst schuld!"

Mama und Oma wechseln einen bedeutungsvollen Blick. „Hugo, sei nicht so gemein zu deiner Mama", sagt Oma. „Du weißt doch, dass man Schwangere nicht aufregen soll. Sobald das Baby da ist, ist sie wieder rank und schlank."

„Das glaube ich nicht. Außerdem sage ich, was ich denke, damit ich höre, was ich weiß."

Oma und Mama lachen. „Wann ist dieses Kind so altklug geworden?", seufzt meine Mutter. „Er war doch mal mein kleines Hugo-Babylein, süß und putzig. Jetzt ist er groß und frech."

Deshalb bekommt sie jetzt ein neues süßes Babylein, denke ich und kann nicht mit ihnen zusammen lachen.

„Und jetzt mach dich an die Arbeit!", befiehlt Oma.

„Oma, du bist eine Sklaventreiberin", sage ich grimmig. „Ich bin doch dein Liebling! Siehst du nicht, dass ich total nass geworden bin? Hast du irgendwo einen Föhn?"

Der ist schon eingepackt und steckt in irgendeiner

Kiste, erfahre ich und werde einfach stehen gelassen. Das hätte meine Oma früher niemals gemacht! Sie hätte alle Kisten ausgeleert oder einen Föhn beim Nachbarn aufgetrieben, nur damit ihr Hugolein wieder trocken wird. Aber jetzt scheint es niemanden zu kümmern, dass ich wahrscheinlich eine dicke Erkältung bekomme, mit Fieber und Husten und Halsschmerzen und Schnupfen.

Das liegt nur an dem Ding, das da in Mamas Bauch immer größer wird und sich wahrscheinlich jetzt schon über mich kaputtlacht, weil es demnächst überall die Nase vorn haben wird - auch bei Oma!

Mama zeigt mir das Geschirr, das auf dem Esstisch steht. „Das Porzellan muss einzeln in die Zeitung eingewickelt und dann in den Karton gepackt werden. Aber vorsichtig!"

Ich kann den Sinn nicht erkennen und fange an, jeweils drei Teller zusammen einzupacken. So sparen wir wenigstens Papier. Meine Mutter aber, die ihre siebzehn Augen und Antennen überall hat, sieht es natürlich und packt alles wieder aus. „Wenn das Geschirr aufeinander bleibt, dann können die Ränder absplittern", erklärt sie. „Also, mach es bitte so, wie ich es dir erklärt habe."

Ich bin genervt. „Kinderarbeit ist in Deutschland

verboten", sage ich. „Immer muss ich arbeiten. Wo ist eigentlich Anna? Warum hilft sie nicht mit?"

„Sie ist doch noch in der Schule", sagt Mama und setzt sich einen Moment hin. „Puh, es ist ganz schön anstrengend. Ich weiß nicht, ob ich heute zum Vorbereitungskurs gehen soll. Ich bin jetzt schon müde."

Diesen mysteriösen Kurs besuchen Mama und Papa gemeinsam. Ich hatte mich bisher nicht darum gekümmert, aber jetzt frage ich mich, was die dort machen. „Worauf werdet ihr eigentlich vorbereitet?"

„Auf die Geburt des Babys", antwortet meine Mutter.

„Aber du hast doch schon zwei Babys bekommen – Anna und mich", sage ich und runzele die Stirn. „Ist denn dieses Baby etwas Besonderes oder warum musst du dich darauf vorbereiten?"

Papa, der uns wohl aus dem Wohnzimmer zugehört hat, ruft: „Vor eurer Geburt haben wir auch einen Kurs besucht!"

Und Mama fügt hinzu: „Ihr seid alle drei etwas Besonderes."

Ich weiß nicht, ob ich ihr das glauben soll, aber bevor ich weiter darüber nachdenken kann, ruft uns Oma zum Essen. Vor lauter Kalorienbomben-Leckereien verdränge ich das Thema komplett.

Am späten Nachmittag sind wir endlich mit dem Einpacken des ganzen Krams aus Omas Küchenschränken fertig. Voller Entsetzen musste ich aber erfahren, dass am Umzugswochenende noch mal dieselbe Arbeit ansteht: alles auseinanderwickeln, spülen und in den Küchenschrank einräumen. Und wer soll das wieder machen? WIR!

Als niemand hingesehen hat, habe ich daher die restlichen Tassen und Teller doch ineinandergestellt und sie zusammen eingepackt. Wenn sie kaputtgehen sollten, werde ich es auf das Umzugsunternehmen schieben.

Opas Skat-Herrenrunde beschwert sich im Esszimmer gerade lautstark, dass sie nie wieder so einen tollen Raum fürs Kartenspielen finden wird wie das große Gartenhäuschen.

Die älteren Herren sind mir sehr sympathisch, auch wenn sie beim Mittagessen vorhin ziemlich geschmatzt und sich die besten Schnitzel ausgesucht haben.

„Mir wird das Gartenhäuschen auch fehlen. Dort habe ich mit meinen Freunden sagenhafte Partys gefeiert“, sage ich. Es war zwar nur eine, aber das müssen die nicht wissen.

„Wir auch!“, stimmt mir ein Mann zu, den die anderen Heinrich-Erich nennen. „Manchmal haben uns unsere Frauen nach der Skatrunde abgeholt und dann hat dein Großvater seine legendäre Plattensammlung hervorgekramt. Er hat sie alle, sage ich dir! Von Abba bis Zappa, von Fischer bis Zander. Da wurde das Tanzbein geschwungen bis spät in die Nacht. Du siehst, junger Mann, dass wir noch mit euch jungem Gemüse mithalten können!“

Ganz bestimmt nicht, denke ich. Was haben Partys mit „Tanzbein schwingen“ zu tun? Und von Zappa, Fischer und Zander habe ich noch nie etwas gehört. Ich glaube kaum, dass Heinrich-Erich und seine Seniorentruppe Stopptanz oder die Reise nach Jerusalem damit meinen. Und warum er mich als Gemüse bezeichnet, ist mir auch schleierhaft.

„Habt ihr schon einen Namen für das Kind?“, fragt ein anderer Skatkollege und sieht mich dabei an.

Ich? Was habe ich denn mit dem Namen zu tun?

Für mich ist es einfach nur „das Baby“.

„Darüber haben wir noch nicht offiziell gesprochen“, sagt Papa, „aber wenn Hugo Namensvorschläge hat …“

„Parsifal, Brutus, Lancelot für einen Jungen. Clotilde, Walburga, Nofretete für ein Mädchen“, sage ich spontan, und alle schauen mich verblüfft an. „Aber

mich hat niemand danach gefragt. Genauso wenig wie bei anderen Dingen."

„Hugo hat sich noch nicht ganz an den Gedanken gewöhnt, ein jüngeres Geschwisterchen zu bekommen", meint Mama. „Er war selbst jahrelang der kleine Bruder."

Heinrich-Erich nickt. „Ja, und jetzt wird er … wie sagt man doch gleich neudeutsch … ein Sändwitschkind."

Sändwitschkind?

Was soll das denn sein?

Klingt jedenfalls nicht gesund.

„Was heißt das?", will ich wissen.

„Kennst du kein Sändwitsch?", fragt Heinrich-Erich. „So ein Klappbrot, wo dazwischen Schinken, Käse, Gurken und Mayonnaise liegen. Lecker."

Papa lacht. „Hugo, du weißt doch, was ein Sandwich ist!"

Ich runzele die Stirn. „Sag das doch gleich! Aber warum bin ich jetzt ein Sandwich?"

Mama wird plötzlich hektisch und will aufbrechen. „Wir sollten los, wenn wir noch zum Geburtsvorbereitungskurs wollen", sagt sie, und ich habe das Gefühl, dass sie bewusst das Thema wechseln möchte.

Aber Heinrich-Erich lässt sich nicht aus dem Konzept bringen. Er sieht mich prüfend an. „Sändwitschkinder haben es schwer, also pass auf dich auf, junger Mann! Oben ist einer und unten ist einer, wie in dem Klappbrot – und du sitzt genau dazwischen und weißt nicht, wohin du wirklich gehörst: nach oben oder nach unten. Hast keinen freien Weg mehr. Wie die Gurke im Sändwitsch. Und eigentlich gehörst du nirgendwohin."

„So ein Unsinn", lacht Papa, während ich unsicher auf meinem Stuhl hin und her rutsche. „Hugo weiß genau, wohin er gehört. Bisher war er kleiner Bruder und jetzt wird er eben ein großer Bruder sein. Das wird für ihn ganz toll!"

Ich will protestieren und Heinrich-Erich etwas erwidern, aber Oma funkt ihm dazwischen. „Nun gib schon Ruhe, Heinrich-Erich!“, sagt sie bestimmt. „Komm mal mit, Hugo!“ Sie winkt mich in die Küche, wo sie mir einen Zehn-Euro-Schein zusteckt. „Für deine Hilfe beim Einpacken“, sagt sie und drückt mich kurz an sich. „Es wird alles gut werden.“

Ich bekomme ein schlechtes Gewissen und will ihr das von den zusammengepackten Tellern und Tassen beichten, werde aber von Mama unterbrochen, die sich zu uns gesellt und mich fragt, ob mich der Geburtsvorbereitungskurs interessieren würde. „Wenn du möchtest, dann kannst du uns heute Abend begleiten“, sagt sie.

„Aber ich bekomme doch kein Kind“, antworte ich verständnislos. „Warum soll ich mich plötzlich auf die Geburt vorbereiten?“

Mama lacht. „Das nicht, aber vielleicht bist du neugierig, warum man als Eltern dorthin geht. Du kannst ja heute einmal zuschauen. Ich glaube nicht, dass die anderen Paare oder die Kursleiterin etwas dagegen haben.“

Neugierig bin ich schon und außerdem stehen als Alternative Mathehausaufgaben auf dem Programm, auf die ich absolut keine Lust habe. „Okay, ich komme mit.“

Mein Vater packt mein Fahrrad ins Auto und wir verabschieden uns von Oma und Opa sowie der Skat-Herrenrunde.

„Tschüss, Sändwitschkind! Pass auf, dass dich die zwei Brotseiten nicht zu sehr unterdrücken!“, ruft Heinrich-Erich und lacht am lautesten über seinen Witz.

„Lass dich von solchen blöden Sprüchen nicht verunsichern!“, meint Papa im Auto zu mir. „Alte Leute sind manchmal komisch und sagen merkwürdige Sachen.“

Ich nicke zwar, denke aber, dass am Bild vom Sandwich vielleicht doch etwas Wahres sein könnte, wenn ich nicht höllisch aufpasse. Deshalb brauche ich unbedingt einen Babyabwehrplan, das ist ganz klar.

Hugo, das Superbrain, ist mal wieder gefragt!

Atmen und hecheln

Der Raum, in dem der Vorbereitungskurs stattfindet, heißt „Energiezentrum“ und befindet sich in einem Nebengebäude des Stadtkrankenhauses. Er riecht streng nach Desinfektionsmitteln, sieht aber wie eine Mischung aus verkleinerter Turnhalle und einem Kindergarten-Gruppenraum aus. An den Wänden hängen lauter Sonnenuntergänge, Wasserfälle und Schneelandschaften. Die Vorhänge sind in Pastelltönen gehalten und an die Decke hat jemand eine riesige Sonne gemalt. Überall auf dem Boden sind dicke Gymnastikmatten und Sitzsäcke verteilt und in der Mitte des Raums steht ein kleiner Holztisch mit Kerzen und einem CD-Player.

Neben meinen Eltern sind noch fünf andere Paare da und alle Frauen sind schwanger. Mama erklärt mir leise, dass der Kurs von einer Hebamme geleitet wird, die schon viele Babys auf die Welt gebracht hat, und zeigt mir einen Stuhl hinten in der Ecke, wo ich mich hinsetzen soll.

Eine Frau in einem weißen Gewand, mit bunten Holzketten um den Hals und einem Blümchen-Stirnband kommt auf mich zu. Sie erinnert mich an die Kameltreiber, die wir einmal im Urlaub gesehen haben.

„Ich bin Christiane, die Kursleiterin", sagt sie in einem fast singenden, sanften Ton. „Du willst nur zugucken oder auch bei der Geburt dabei sein?"

Bei der Geburt?

Ich?

No way!

Sie bemerkt offenbar meinen entsetzten Blick. „Es kommt hin und wieder vor, dass ältere Geschwister dabei sind. Der Kreislauf des Lebens ist etwas völlig Natürliches. Hast du nicht Lust, diese wunderbare Erfahrung zu machen?"

Ich habe eine vage Vorstellung davon, wie ein Baby geboren wird. Das haben wir im Biologieunterricht besprochen und die Theorie reicht mir vollkommen, deshalb schüttele ich den Kopf. „Nein, danke. Ich schaue nur heute einmal zu."

Sie nickt. „Es ist deine freie Entscheidung. Dann genieß es, und spür die wundervolle Energie in diesem Raum, die uns durch die freudige Erwartung der Anwesenden zuteilwird!"

Ich verstehe kein Wort, aber sie lässt mich wieder allein. Anschließend beginnt die Kursstunde, die ich äußerst merkwürdig finde. Sollte ich jemals Kinder haben, weiß ich nicht, ob ich so etwas auch mitmachen werde.

Die schwangeren Frauen sitzen alle im Kreis auf den Gymnastikmatten und ihre Männer hocken direkt dahinter. Christiane sagt ein paar Worte zur Begrüßung und stellt dann den CD-Player an. Ich warte, bis endlich eine Melodie zu hören ist, aber es klingt so, als ob die CD kaputt wäre. Doch das soll wohl so sein, denn niemand reagiert komisch auf die seltsamen Klänge, das Wassergeplätscher und das Glöckchengebimmel.

Dann zündet die Leiterin die Kerzen an, während sie gleichzeitig das Licht dimmt. Ein ekelhafter Geruch durchzieht den Raum, wie eine Mischung aus Weihrauch, Essiggurken und Zitrone.

„Boah, stinkt das hier!“, rufe ich laut und ernte einen strafenden Blick von allen Paaren und der Kursleiterin. Mama sieht aus, als ob sie mich gleich vierteilen würde, deshalb nehme ich mir vor, nichts mehr zu sagen.

„Wir schauen auf die Duftkerzen, schließen die Augen, suchen unsere Mitte und entspannen uns“, sagt Christiane.

„Welche Mitte meinen Sie?“, frage ich und merke, dass mein Vorsatz nicht lange gehalten hat. „Im Raum? Auf der Decke? Am Boden?“

Mamas Augen blitzen gefährlich, und Papa macht mir wilde Zeichen, dass ich still sein soll. Aber die Hebamme lächelt mich verständnisvoll an. „In unserem Körper“, sagt sie sanft. „Du kannst gern mitmachen, wenn du möchtest, aber stör bitte die werdenden Eltern nicht bei ihrer Konzentration, ja?“

Die Frauen verstehen offensichtlich, was von ihnen verlangt wird, denn sie legen sich hin und schließen gehorsam die Augen. „Wir spüren die Energie fließen und konzentrieren uns nur auf unseren Körper, der sich im völligen Gleichklang befindet“, sagt die Leiterin.

Ich überlege, ob ich mich danebenlegen soll, entscheide mich aber dagegen. Diesen Quatsch mache ich nicht mit! Meine Mitte brauche ich auch nicht zu finden, denn wenn es um meinen Körper geht, dann ist wohl mein Nabel genau die Mitte. Ich verstehe nicht, warum das einem nicht ganz klar gesagt wird. Fakten, Fakten, Fakten.

Christiane faselt noch einiges von Energie, Körpermitte, Flüssen und anderen komischen Dingen, und ich bin erstaunt, dass sich erwachsene Menschen freiwillig so zum Affen machen.

Mir wäre es megapeinlich!

Eine Weile bleibt es ruhig. Einige Frauen sehen aus, als ob sie schlafen würden. Eine schnarcht sogar leise. Aber was wirklich witzig ist, sind die Männer, die hinter ihnen sitzen. Manche von ihnen haben auch die Augen geschlossen und machen inbrünstig alles mit, während sich andere belustigte Blicke zuwerfen, in der Nase popeln oder gelangweilt zu Boden schauen. Ich schätze, sie haben ihre Mitte noch lange nicht gefunden oder sie ist ihnen schlichtweg egal.

Papa hockt neben Mama, scheint in Gedanken ganz weit weg zu sein und sein Bein zuckt ab und zu. Ich ahne, dass er sich gerade mit dem letzten Spiel seines Lieblingsvereins FC Schalke 04 beschäftigt und die Torchancen in Gedanken nachspielt. Seine Mitte findet er nämlich nur im Mittelkreis eines Fußballfeldes, da kann die komische Hebamme machen, was sie will.

Doch die Show fängt gerade erst an!

Es wird noch viel, viel lustiger!

„Wir beginnen mit den Atemübungen", sagt Christiane. „Einatmen, ausatmen, einatmen, ausatmen. Und die Partner atmen mit und massieren ihren Frauen den Rücken mit dem Igelball, ganz so, wie wir es gelernt haben."

Ungläubig beobachte ich, wie sich alle Schwangeren mühsam in eine Sitzposition aufrichten und zusammen mit ihren Männern ganz laut zu atmen anfangen. So, als ob sie gerade einen Marathon gelaufen und völlig aus der Puste wären. Dann sehe ich, wie die Herren eine Art Tennisball mit Noppen aus einem Weidenkorb holen und anfangen, den Rücken der Frau zu massieren. Gleichzeitig atmen sie aber weiter laut und gehorsam mit.

„Hecheln!", ruft Christiane zwischendurch, und dann hören sich alle wie Hunde an, die totalen Durst haben. Es fehlt nur noch, dass sie ihre Zungen herausstrecken.

„Den Schmerz wegatmen!“, lautet das nächste Kommando. „Einatmen, ausatmen. Noch einmal von vorne! Alle im Rhythmus!“

Sie atmen weiter, was das Zeug hält, und ich stelle belustigt fest, dass auch mein Vater jetzt voll bei der Sache ist.

„Und wieder hecheln!“ Christiane kennt kein Erbarmen.

Zwölf erwachsene Menschen, die in ihrem normalen Leben bestimmt gute Jobs und darin vielleicht sogar etwas zu sagen haben, hecheln wie der Hund von unserer Nachbarin, Frau Bergmann, wenn er mit ihr vom Joggen kommt.

Das glaubt mir keiner!

Ich ahme sie nach und hechele eine Runde mit, aber es ist mir auf Dauer zu anstrengend. Außerdem habe ich Mühe, nicht laut loszulachen. In so einer doofen Situation habe ich meine Eltern noch nie gesehen. Das muss für die Nachwelt festgehalten werden!

Ich hole heimlich mein Handy heraus und stelle die Kamera an. Die sind alle so mit dem Atmen und Hecheln beschäftigt, dass es keiner bemerkt. Den Clip kann ich prima auf der nächsten Familienfeier als Unterhaltungsprogrammpunkt verwenden oder sogar ins Internet stellen.

Eigentlich warte ich noch darauf, dass Christiane den Leuten befiehlt, laut loszubellen, aber dieses Kommando bleibt leider aus. Mein Vater ist ganz rot vor Anstrengung, macht aber tapfer alles mit. Dabei könnte ich wetten, dass er es genauso bescheuert findet wie ich und jetzt viel lieber auf dem Sofa liegen würde. Mama ist da schon ein anderes Kaliber. Wenn sie glaubt, dass sie etwas Richtiges tut, dann kann sie keiner davon abbringen. Aber was das ganze künstliche Atmen mit der Geburt zu tun haben soll, kapiere ich nicht.

Nach einer Weile gibt die Kursleiterin den Befehl, tief durchzuatmen und sich wieder zu entspannen.

Ich packe das Handy schnell weg und freue mich, genügend peinliches Material gesammelt zu haben. Entspannung ist voll mein Stichwort, nur bräuchte ich jetzt dazu noch eine schöne Tüte Chips und einen guten Film.

Christiane holt eine Art Riesenblechpfanne aus einem Karton, und ich frage mich, ob sie jetzt noch ein Schwangerenmenü zubereiten wird. Da winkt sie plötzlich in meine Richtung. „Komm doch mal zu uns!"

Ich drehe mich um, aber hinter mir ist niemand, also meint sie wohl mich. Ich winke ab. „Nein, danke." Atmen und hecheln werde ich ganz bestimmt nicht.

„Hugo, sei nicht so unhöflich!", sagt Mama, und ihre Augen blitzen wieder wütend. Wo ist denn bloß ihre Entspannung hin?

„Ich möchte gern auch deine Energien in die Gruppe einbinden", sagt Christiane. „Komm bitte her!"

Meine Energien? Die Frau spinnt doch!

„Hugo!" Das ist Mamas Stimme und sie duldet keinen Widerspruch. Okay, bevor sie mir noch eine Strafe verpasst,

gehe ich skeptisch, aber gehorsam zu der Kursleiterin. „Ich will nicht hecheln oder jemanden mit einem Igelball massieren", sage ich, und die Leute lachen. „Kochen kann ich übrigens auch nicht. Nehmen Sie meine Mutter, die kann das super!"

Mama sieht mich an, als wüsste sie nicht, ob sie lachen oder losschreien soll, aber Christiane schüttelt den Kopf. „Du hast vielleicht etwas missverstanden. Wir sind bereits in der Ausklangphase", sagt sie in ihrem singend-sanften Ton. „Ich möchte, dass du die Klangschale schlägst, während ich die Abschlussmeditation spreche."

Was will sie sprechen?

Was soll ich schlagen?

Sie gibt mir etwas, das wie ein Taktstock aussieht, und deutet auf die Blechpfanne. „Während ich spreche, schlägst du bitte regelmäßig auf die Klangschale, so alle fünfzehn Sekunden. Zähl langsam im Geiste mit."

Ohne dass ich etwas sagen oder fragen kann, geht es direkt los. Die Kursleiterin nickt und ich haue mit dem Stock auf die Klangschale.

Bääämmm! Der Ton ist blechern und hallt lange nach.

Christiane fängt an, wieder irgendetwas von fließenden Energien zu erzählen und von der Mitte, die jetzt ganz ist und im Reinen oder so ähnlich. Ich versuche, etwas davon zu kapieren, und dabei vergesse ich leider zu zählen. Als es mir wieder einfällt, weiß ich nicht, wie viele Sekunden schon vergangen sind.

Also gehe ich nach Gefühl und haue irgendwann einfach wieder drauf.

Volles Karacho!

Bääämmm!

Alle Schwangeren zucken zusammen und die Männer sehen mich strafend an.

„Etwas leiser, bitte“, flüstert Christiane.

Ich stelle mir vor, wie es wohl wäre, wenn jetzt alle auf einmal ihre Babys kriegen würden. Ob die schon mal so eine Gemeinschaftsgeburt durchgezogen haben? Mit der ganzen Energie im Raum?

Scheibenkleisterkacke!

Schon wieder vergessen, die Sekunden zu zählen. Also, Musiklehrer oder Geburtshelfer werde ich garantiert nicht.

Bääämmm!

Einfach mal draufgeschlagen.

Genervte Blicke.

Oh, ich sollte etwas leiser den Ton angeben. Jetzt zähle ich aber mal ganz schnell bis fünfzehn, so schwer kann es nicht sein. Eins, zwei, drei, vier …

„… und dann lassen wir die Hände locker, jeden einzelnen Finger wie einen Vogel, frei in die Luft", sagt Christiane. „Und die Zehen genauso … erst rechts … vom großen Zeh bis zum kleinen … schön nacheinander … wir fühlen uns leicht … völlig entspannt … jetzt den linken Fuß …"

Ich stelle mir vor, wie die Finger und Zehen der Leute einfach zu schweben beginnen, und bekomme fast einen Lachanfall.

Bäääämmm! Das waren doch schon fünfzehn, oder?

Bäääämmm!

„Ich danke euch. Und jetzt kommen wir zu der Abschluss-Fragerunde."

Bäääämmm!

„Danke, Hugo."

„Haben Sie meine Energie gespürt?", frage ich unschuldig, und Christiane nickt. „Ganz deutlich."

Bäääämmm!

Ich bin Hugo, der Tonerzeuger und Energiespender!

Bäääämmm!

Auf dem Heimweg erklärt mir Mama, dass die Atem- und Entspannungsübungen ihr helfen sollen, die Geburtsschmerzen besser zu ertragen.

„Wird Paps denn auch Schmerzen bei der Geburt haben?", frage ich und stelle mich bewusst unwissend.

Papa gibt Gas und winkt ab. „Blödsinn."

„Warum atmest du dann immer mit? Das sieht total Banane aus. Hast du schon mal dabei in den Spiegel geschaut?"

„Ich will deiner Mama beistehen, genauso wie die anderen Männer. Wenn wir das gemeinsam üben, dann kann ich ihr während der Wehen helfen. So haben wir das bei eurer Geburt auch gemacht", antwortet Papa.

„Wie doll ist denn der Schmerz?", will ich von Mama wissen. „Wie ein kaputter Zahn?"

„Schlimmer."

„Wie eine tiefe Wunde?"

„Schlimmer."

Ich überlege. „Wie ganz schlimme Bauchschmerzen?" Etwas anderes fällt mir nicht ein.

„Noch viel, viel schlimmer", sagt Mama. „Deshalb gehen wir ja zu dem Kurs."

Ich schüttele den Kopf. „Weißt du, Mama, manchmal verstehe ich dich nicht. Warum musst du noch ein Kind kriegen, wenn du jetzt schon weißt, dass du solche Schmerzen haben wirst? Das ist doch nicht normal!“

Zu Hause sitzt Anna am Küchentisch und isst einen Joghurt. „Ich hatte einen voll stressigen Tag“, beschwert sie sich. „Ihr könnt euch nicht vorstellen, wie die einen in der Oberstufe quälen. Ich beneide Hugo um seine viele freie Zeit.“

„Freie Zeit? Ich habe heute mehr gearbeitet als du in deinem bisherigen Leben“, antworte ich und bin entrüstet. „Erst habe ich einen Umzug gemanagt und dann einen Geburtsvorbereitungsdingsdakursus geleitet! Mit hechelnden Hunden und exotischen Instrumenten!“

Anna sieht mich an, als ob ich von einem anderen Stern wäre. „Mama, Hugo halluziniert! Er hat bestimmt Fieber!“

Papa grinst. „Streng genommen, hat Hugo sogar recht“, sagt er. „Er hat heute nicht nur für die Großeltern, sondern auch für euer Geschwisterchen etwas getan.“

Ach, habe ich das?

So war das aber nicht gemeint!

Wenn ich das gewusst hätte!

Trotzdem will ich Anna das mit der Blechschale erzählen, aber meine Schwester ist an Einzelheiten nicht interessiert und schleicht in ihr Zimmer. So leicht kommt sie mir nicht davon! Ich finde, dass sie wissen sollte, was ich alles geleistet habe. Außerdem muss ich mit ihr reden. Ein richtiges Hugo-Anna-Gespräch unter Geschwistern.

Ich folge ihr und ignoriere das „Eintreten nur mit Geldkoffer"-Schild, das noch immer an ihrer Tür hängt. Das sollte sie wirklich einmal durch etwas Originelles ersetzen. „Zicke inside" oder „Große Schwester – böse Schwester" wären spontan meine Vorschläge.

„Du, Anna", sage ich und schließe die Tür hinter mir. „Mal ehrlich: Freust du dich auf das Baby?"

Sie hat es sich gerade auf ihrem neuen hellblauen Sofa mit ihrem iPod bequem gemacht und zuckt mit den Schultern. „Klar, warum nicht? Was willst du hier?"

„Dann bist du sicher bereit, dich um den kleinen Schreihals zu kümmern?"

„Ich? Wieso? Hab ich was verpasst?"

Ich seufze. „Weil Mama und Papa uns bestimmt

Aufgaben aufbrummen werden. Deshalb mein Vorschlag: Ich kümmere mich vorab um alles, und du übernimmst den Rest, wenn Baby Kotsbusch da ist."

Meine Schwester verdreht die Augen. „Was machst du denn Großes vorab?"

„Heute zum Beispiel habe ich Oma und Opa geholfen, die Umzugskisten zu packen. Du weißt, dass sie nur wegen des Babys in unsere Nähe ziehen, also war es gewissermaßen ein Gefallen für das Kleine. Außerdem habe ich Mama und Papa zu ihrem komischen Kurs begleitet. Dort musste ich mitmachen und auf eine Bratpfanne schlagen. Ich sage dir: Was da abgeht, ist nicht normal!"

Anna, die bisher gelangweilt in die Gegend geschaut hat, sieht mich auf einmal aufmerksam an. „Du warst echt dabei? Erzähl!"

Ich nicke. „Die atmen und hecheln dort wie überanstrengte Hunde, auch die Männer, das soll gut gegen Schmerzen sein. Die Kursleiterin sieht schräg aus und kann nicht normal reden. Sie hat bestimmt ein Kamel als Haustier. Und dann musste ich auf eine Blechpfanne schlagen, die sich Klangschüssel nennt, oder so ähnlich. Mama sagte hinterher im Auto, dass sie lernen, den Geburtsschmerz wegzuatmen, aber warum die Männer mitmachen müssen, verstehe ich trotzdem noch nicht."

Meine Schwester lacht. „Hört sich lustig an."

Ich hole mein Handy heraus. „Willst du es sehen?"

„Du hast den Kurs gefilmt?" Anna wirkt noch interessierter und zeigt auf den Platz neben sich. „Setz dich!"

Oh, die Königin lädt mich auf ihr königliches Sofa ein. Das soll schon etwas heißen, denn sonst darf ich gerade einmal den alten Hocker ohne Lehne benutzen, der in der Ecke steht. Ich lasse mich nicht zweimal bitten, setze mich neben sie und spiele ihr den Film vor.

Meine Schwester lacht sich beim Zuschauen schlapp. „Du hast recht, es ist voll crazy. Mama hat mir zwar erzählt, welchen Sinn es macht, aber dass es

so bescheuert aussieht, wusste ich nicht. Voll peinlich!"

Ich deute auf den Bildschirm. „Finde ich auch. Guck mal, wie die jetzt hecheln! Der Mann neben Papa hat die Augen zu und den Mund offen!"

Wir lachen und sehen uns den Film noch dreimal an.

Dann schaut mich Anna scharf an. „Hugo, dieses Video darf niemand von unseren Freunden sehen! Es ist schon schlimm genug, dass die eigene Mutter auf ihre alten Tage schwanger wird, während andere mit Yoga und Zumba ein neues Leben beginnen, aber sie DABEI zu sehen, wäre mein totaler Untergang in der Schule! Und deiner vermutlich auch!"

Ich finde es schade, dass ich es nicht ins Internet stellen kann, aber sie hat recht. Mein guter Ruf wäre ruiniert! „Der Clip ist nur für private Familienzwecke gedacht. Also? Ist es abgemacht? Wenn das Kind da ist, übernimmst du den Kram mit Füttern und Aufpassen, ja? Und ich helfe auch wieder Oma und Opa beim Umzug, da musst du nichts tun!"

Anna schüttelt ihre blonde Mähne. „Du glaubst doch nicht wirklich, dass du nichts tun musst, wenn das Baby kommt, oder? Wir werden bestimmt beide eingespannt, aber ich habe viel mehr Unterricht als du, schreibe wichtige Klausuren und habe gar keine

Zeit. Also wirst du auf jeden Fall einspringen müssen!“

Ich ahne, dass sie recht hat, und rege mich wieder auf.

Scheibenkleisterkacke!

„Ich will aber nicht! Ich wollte auch kein Kind, deshalb sehe ich nicht ein, was ich damit zu tun habe!“, rufe ich.

Meine Schwester grinst. „Das habe ich damals auch gedacht, als du zur Welt gekommen bist. Aber dann warst du da. Jetzt siehst du mal, wie das ist: Jahrelang schon muss ich mit dir auskommen, auf dich achtgeben, dir helfen und dich ertragen.“

Ich bin beleidigt. „Das stimmt doch gar nicht. Erstens: Auf mich muss keiner aufpassen. Zweitens: Mit mir kann man super auskommen. Drittens: Du hast mir sehr selten mal geholfen. Außerdem habe ich mich immer revanchiert, zum Beispiel, wenn du mal wieder einen deiner Freunde loswerden wolltest. Wie oft habe ich dich am Telefon verleugnet oder erklärt, du würdest hier gar nicht wohnen?“

Anna knufft mich in die Seite. „Okay, das stimmt, das hast du voll drauf. Also freu dich doch! Dann kann das dritte Kotsbusch-Kind deine Freundinnen vergraulen, wenn du mal eine loswerden willst.“

Nein, danke.

Darauf kann ich verzichten.

Meine Schwester sieht auf die Uhr. „So, jetzt muss ich auf Facebook etwas nachschauen und du haust wieder ab."

Ich seufze. „Du hast es gut. Auf Facebook darf ich noch nicht sein. Daran siehst du, wie ungerecht unsere Eltern sind."

„Sie sind nicht ungerecht, sie passen nur auf dich auf. Du bist noch keine vierzehn", sagt Anna.

„Im Geiste aber schon lange!"

„Geh jetzt!"

Ich schaue sie vorwurfsvoll an. „Warum kann ich nicht vernünftig mit dir sprechen? Du hast mich keinen Schritt weitergebracht! Was unternehmen wir gegen das, was da auf uns zukommt?"

Anna steht auf und schaltet ihren Computer ein. „Verschwinde, Hugo!", meint sie und lächelt nachsichtig. „Es ist Mamas und Papas Sache und ich will nichts dagegen unternehmen. So ein Baby kann ganz süß sein. Wenn ich Zeit habe und mich keiner dabei sieht, dann gehe ich mit ihm auch mal spazieren. Besser, du findest dich schnell damit ab, dass du nicht mehr der Nabel der Welt bist!"

Der Nabel der Welt? Meint

sie jetzt meine Körpermitte oder was? Ich gehe beleidigt hinaus. Eine große Hilfe war Anna noch nie.

Meine Eltern sitzen im Wohnzimmer vor dem Fernseher. Ich entscheide mich, das B-Thema offen anzusprechen. „Ich hätte da mal eine Frage", sage ich.

„Nicht während der Tagesschau", meint Papa und starrt weiter auf den Bildschirm.

Mama winkt mich zu sich. „Was ist los?", flüstert sie. „Ist es wichtig?"

„Alles, was von mir kommt, ist wichtig", antworte ich. „Kannst du mir sagen, wie das mit dem Baby laufen soll?"

Jetzt habe ich auch Papas volle Aufmerksamkeit, der erst Mama und dann mich ansieht. „Was meinst du damit?"

„Es wird doch wohl nicht von mir erwartet, dass ich irgendetwas tun muss, oder?", frage ich herausfordernd, und meine Stimme wird lauter. „Ich meine, ihr wolltet das Kind, also werdet ihr euch selbst darum kümmern müssen! Mich braucht ihr nicht um Hilfe zu bitten, ich habe keine Zeit und auch keine Lust. Außerdem mache ich mein Ding, das ist doch klar!"

Ich höre selbst, dass meine Stimme ein wenig zu forsch klingt, und die Blicke meiner Eltern verraten, dass ihnen das nicht gefällt.

„So?“, sagt Mama, und es klingt nicht nach einer Frage. „Du machst also dein Ding? Was heißt das?“

Papa mustert mich eindringlich. Nicht einmal der Sportbericht lenkt ihn jetzt ab. „Das wüsste ich auch gern. Was willst du uns damit sagen? Stellt mein Herr Sohn etwas infrage?“

Oha.

Wenn Papa „mein Herr Sohn“ sagt, dann brodelt es heftig in ihm. Dann höre ich mit einem Ohr aus dem Fernseher, dass der FC Schalke 04 verloren hat, und führe Papas schlechte Laune darauf zurück. Jetzt Forderungen zu stellen, wäre sehr unklug. Bevor das Gespräch eskaliert, sollte ich es zu einem anderen Zeitpunkt fortsetzen – vielleicht wenn die Schalker mal wieder gewinnen.

„Mir fällt gerade ein, dass ich noch Mathe machen muss“, beeile ich mich zu sagen. „Wir reden die Tage, ja?“

Der neue Kinohit

Vor lauter Geburtsstress mache ich aber keine Mathehausaufgaben mehr und hoffe einfach, dass mich morgen jemand abschreiben lässt. Vor dem Einschlafen bekomme ich eine SMS von Nico, der mich fragt, ob es etwas Neues gibt. Ich simse zurück, dass ich dringend seine Hilfe brauche und er es bloß nicht wagen soll, mich morgen wieder im Stich zu lassen, um mit Linda zum Beispiel Backrezepte auszutauschen.

Nico erwartet mich am nächsten Morgen schon am Schultor. „Ey, Mann! Ich wusste gestern gar nicht, dass es so schlimm ist, sorry!“, sagt er. „Was ist denn jetzt schon wieder los?“

„Was los ist? Meine Eltern beschließen, mein Leben durcheinanderzubringen, das ist los!“, beschwere ich mich.

„Wieso?“ Nico versteht es anscheinend nicht. „Zieht

ihr weg oder wirst du ins Ausland geschickt oder was?“

Will er mich auf den Arm nehmen?

„Hallo?“, gebe ich so laut zurück, dass sich ein paar Schüler nach uns umdrehen. „Nico, kapierst du das nicht? Die setzen mir schon sehr bald so ein kleines, schreiendes Etwas ins Haus. Es ist ganz sicher, dass sich danach alles, einfach alles ändern wird! Meine Eltern spielen jetzt schon verrückt, Oma und Opa wollen plötzlich ganz in der Nähe sein, und meine Schwester erklärt mir, dass die ganze Arbeit an mir hängen bleiben wird, weil sie in der Oberstufe viel lernen muss.“

Mein bester Kumpel kratzt sich am Kopf. „Welche Arbeit denn? Musst du bei euch den Haushalt machen?“

Nico ist mein bester Freund, aber manchmal reden wir aneinander vorbei. „Es geht um das Kind! Die wollen mich nicht zum Bruder machen, sondern zum Babysklaven!“

„Zum Babysklaven? Was heißt das?“ Nico sieht mich zweifelnd an.

Wir betreten den Schulhof, und ich vergewissere mich erst, dass uns niemand hören kann. Spott und Hohn würde ich jetzt nicht ertragen. „Vorher hatte ich zu Hause schon genug Aufgaben. Den Müll herausbringen, den Rasen im Garten mähen und einmal die Woche mein Zimmer staubsaugen. Mit dem B-Ding kommen jetzt Sachen, auf die ich keine Lust habe. Füttern, aufs Klo setzen, aufpassen, blöde Babyspiele. Ich will aber so weiterleben wie bisher!“

Nico sieht immer noch nicht überzeugt aus. „Bevor das mit dem Klo oder dem Spielen losgeht, dauert es noch lange“, meint er. „Babys werden doch gestillt oder bekommen ein Fläschchen. Außerdem brauchen sie Windeln. Dafür ist deine Mama zuständig. Und sie schlafen viel, also entspann dich! Bis du vielleicht eingespannt wirst, vergehen noch …“

„Jahre?“, frage ich hoffnungsvoll.

Mein Freund wiegt bedächtig seinen Kopf hin und her. „Zumindest viele Monate. Und dann lassen wir uns etwas einfallen, also bleib mal locker! Und sprich nicht immer vom selben Thema, damit machst du dich selbst fertig.“

Irgendwie hat er es tatsächlich geschafft, dass ich mich langsam beruhige. Das, was Nico sagt, leuchtet mir jedenfalls ein.

„Das Einzige“, fügt er fachmännisch hinzu, „das ich dir sofort empfehle, sind Ohrenstöpsel.“

Auf meinen fragenden Blick hin erklärt Nico, dass Babys eine sehr laute Stimme haben und ich dafür sorgen müsste, dass meine nächtliche Ruhe nicht gestört wird. Einen poetischen Beitrag hat er auch noch:

„Nimm dich sorgsam in Acht
vor dem Schreien in der Nacht!“

Damit hat er natürlich recht. Ich nehme mir vor, die Dinger ganz oben auf meine Anschaffungsliste zu setzen. Ein Superbrain wie ich wird diese nette Erfindung auch tagsüber benutzen. Dann wird mich nichts und niemand stören.

Meine Laune bessert sich, und

ich setze in der Fünf-Minuten-Pause, in der wir im Klassenraum bleiben, meinen ganzen Charme ein, damit mich Ann-Kathrin die Mathehausaufgaben schnell abschreiben lässt. Sie ist in allen Fächern super, sitzt derzeit praktischerweise fast neben mir, und man kann sicher sein, dass ihre Ergebnisse stimmen.

„Anni-Kathi, kann ich Mathe haben?", sage ich und lächele sie mit dem schönsten Hugo-ist-ein-Charming-Boy-Lächeln an.

„Nenn mich nicht Anni-Kathi", faucht sie, wendet sich aber nicht ab. Aha, noch ist der Kampf nicht verloren.

Zweite Runde.

„Okay, aber du hast doch sicher ein Herz für …?"

„Loser?"

Das ist jetzt frech. „Eigentlich wollte ich sagen: für deinen liebsten Klassenkameraden."

„Du bist nicht mein liebster Klassenkamerad", sagt Ann-Kathrin.

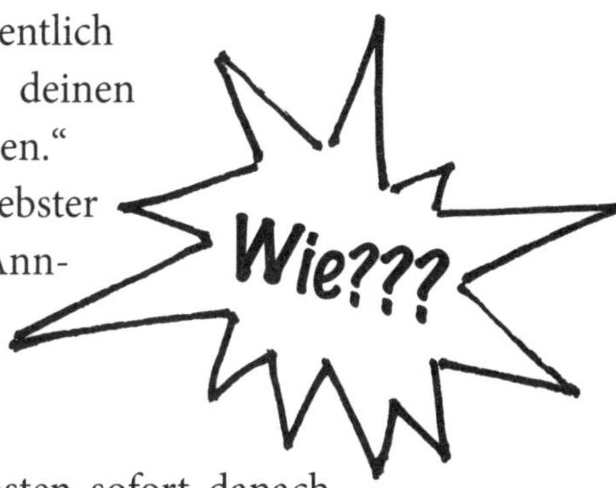

Wie???

Wer denn dann?

Ich würde sie am liebsten sofort danach fragen, habe aber wegen Mathe keine Zeit. Frau

Langenmeier-Geweke ist knallhart, wenn sie einen ohne Hausaufgaben erwischt. Dann geht sofort ein Brief an die Eltern. Habe ich alles schon erlebt und das Ergebnis war ein Riesentheater.

Ich sehe mich um, wen ich noch fragen könnte, da zückt Ann-Kathrin doch noch den roten Ordner. „Mach aber schnell, bevor die Pause vorbei ist!"

„Also bin ich doch dein Liebster", sage ich grinsend und schiebe direkt „Spaß, großer Spaß!" hinterher, denn sie will mir den Ordner gleich wieder wegnehmen.

Ich schreibe so schnell, dass ich kaum meine eigene Schrift lesen kann, und hoffe, dass ich fertig bin, bis unsere Lehrerin hereinkommt. Als es klingelt, bin ich bei der vorletzten Aufgabe. Und dann habe ich es geschafft. Als ich Ann-Kathrin den Ordner zurückgebe, bin ich happy. „Danke, Ann-Ka", sage ich.

„Ann-Ka klingt auch doof", antwortet sie.

Ich staune. „Nico hat gesagt, dass ihr Mäuse jetzt auf Abkürzungen steht. Wie nennen die dich? A.K.?"

Ann-Kathrin packt ihr Mäppchen aus und ordnet alles auf ihrem Tisch. „Ich hasse Abkürzungen. Und nenn uns Mädchen nicht Mäuse! Das ist ätzend. Genauso wie Schnecken oder Weiber."

Also bitte, ich habe versucht, freundlich zu sein und mich erkenntlich zu zeigen. Aber wer nicht will, der hat schon! „Alles klar, Ann-Kathrin. Thanks."

Die Tür geht auf und anstelle der Mathelehrerin kommt Herr van Gracht herein, unser neuer Musiklehrer. „Vertretungsstunde", sagt er. „Wenn ihr euch ruhig verhaltet, dann könnt ihr machen, was ihr wollt."

Ich bin sauer.

Jetzt habe ich mir so viel Mühe mit den Mathehausaufgaben gegeben und die Stunde fällt aus. Das ist eine Frechheit und bestätigt wie immer meine Theorie, dass eifrig für die Schule zu lernen absolut nichts bringt.

Das mit der Ruhe ist relativ zu sehen, denn alle fangen direkt zu quatschen an, aber Herrn van Gracht scheint es nicht zu stören. Er korrigiert einen Stapel Arbeiten und blickt nicht einmal auf.

„Gute Konzentrationsfähigkeit für einen Lehrer", sage ich zu Nico.

„Oder er hat ein Baby zu Hause", grinst mein Kumpel und deutet auf seine Ohren. „Ich sage nur: Ohrenstöpsel! Ich kann mich kaum daran erinnern, wie es war, als Maria-Victoria geboren wurde. Aber was ich bis heute nicht vergessen habe, ist das fürchterliche Gebrüll. Auch meine Eltern erzählen, dass man für meine Schwester fast einen Lärmschutz brauchte."

Ich betrachte Herrn van Gracht, kann aber nicht sehen, ob er wirklich Ohrenstöpsel drin hat. Wenn das aber der Fall ist, dann scheinen sie super zu wirken.

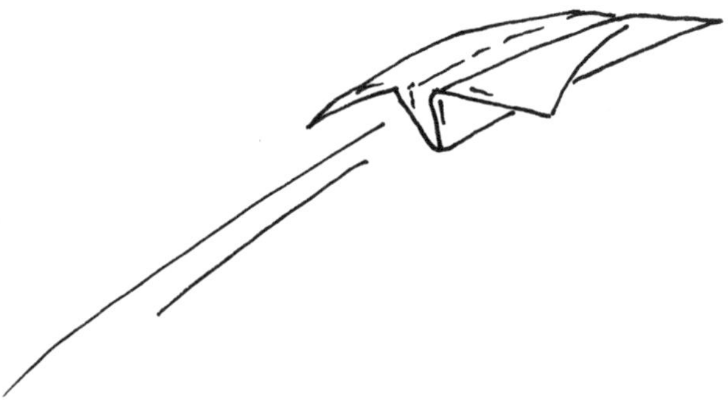

Kurz vor Ende der Stunde, als wir gerade testen, wessen Papierflugzeug am weitesten fliegt, packt der Lehrer seine Sachen zusammen. „Liebe Klasse", sagt er. „Ihr wart vorbildlich ruhig und dafür werden wir demnächst ein interessantes Projekt im Musikunterricht angehen: Wir bauen uns ein Tonstudio!"

Er fand uns vorbildlich ruhig? Das ist doch nicht normal! Der muss wirklich Ohrenstöpsel drin gehabt haben!

„Ein Tonstudio in der Schule? Muss das nicht schalldicht sein?", fragt Bully fachmännisch.

„Ja, deshalb sollt ihr von heute an leere Eierkartons sammeln. Die werden wir nämlich an die Wände kleben. Sie schlucken sehr viel von dem Lärm“, erklärt Herr van Gracht.

Er ist mir sehr sympathisch, denn die Idee ist einfach super! Ich werde auch Eierkartons sammeln, allerdings, um sie in meinem Zimmer an die Wände zu kleben. Auf diese Weise wird mich kein Babygeschrei stören können und auch sämtliche Mama-Rufe werden einfach „geschluckt“.

Genial.

Und noch effektiver als Ohrenstöpsel!

Einige Tage später erwartet mich meine Mutter nach der Schule mit einer verheißungsvollen Miene. Wenn sie so schaut, dann hat sie entweder etwas Gutes über mich gehört (wie zum Beispiel beim letzten Elternsprechtag, als ihr die Lehrer gesagt haben, dass ich mich langsam „mache“, was ich bis heute nicht verstehe), oder sie hat eine Überraschung für mich (die aber nicht immer so toll ist, wie sie glaubt).

„Was ist los? Hast du einen meiner Lehrer getroffen?“, frage ich und überlege, wer das gewesen sein könnte und was er gesagt haben könnte.

Mama schüttelt den Kopf. „Nein. Warum? Gibt es etwas Neues, das ich wissen sollte? Meldest du dich weiterhin in der Schule? Beteiligst du dich? Hast du immer alle Hausaufgaben? Hast du uns auch keine Note verschwiegen?"

Ich zucke mit den Schultern. „Logisch. Es gibt nichts Neues und ich beteilige mich und mache die Hausaufgaben. Habe immer alles für jedes Fach parat."

Ist doch nicht gelogen, oder?

„Das ist gut." Mama streicht mir über das Haar und legt die andere Hand auf ihren Bauch. „Dein Bruder oder deine Schwester strampelt heute ganz schön. Fühl mal!"

Sie nimmt meine Hand und legt sie auf ihren Bauch, bevor ich protestieren kann. Ich spüre, wie sich da etwas bewegt, und es fühlt sich komisch an. „Ist das das Baby?"

„Ja. Es fühlt sich an, als ob es Fußball spielen würde", lacht meine Mutter.

„Dann wird es ein Schalke-Spieler oder zumindest so ein großer S04-Fan wie ich", sagt Papa, der gerade zur Tür hereinkommt. „Hugo begeistert sich ja nicht wirklich für meinen Verein, und Anna interessiert sich beim Fußballgucken nur dafür, welche Spieler gut aussehen und ob sie eine Freundin haben."

Wollten sie vielleicht deshalb noch ein Kind bekommen?

Damit es mit unserem Vater über Fußball fachsimpeln kann?

Ich genüge ihnen wohl in keiner Beziehung mehr!

„Ich wollte gerade Hugo von der Sache erzählen, aber da du schon da bist, können wir es gemeinsam tun", sagt Mama zu Papa. Sie sehen sich irgendwie verschwörerisch an.

„Welche Sache? Wird das Baby doch in den Keller ziehen? Oder darf ich das?", frage ich hoffnungsvoll.

Meine Mutter schüttelt den Kopf. „Nun lass doch endlich diese blödsinnige Keller-Idee sausen, Hugo! Papa und ich haben dich bei so einer Sache angemeldet …"

Wieder dieses nichtssagende Wort. „Sache". Das könnte etwas ganz Tolles oder total Blödes sein. „Kannst du mal Klartext sprechen, Mams?"

Mama holt tief Luft. „In dem Krankenhaus, wo Papa und ich unseren Kurs machen, gibt es einen Workshop für werdende Geschwisterkinder. Ich habe dort heute angerufen und dich angemeldet."

Ich höre ihre Worte, verstehe aber den Sinn nicht. „Was? Was denn für ein Workshop?"

„Für werdende Geschwisterkinder", mischt sich Papa ein. „Du hast doch Mama gehört."

„Für werdende Geschwisterkinder“, wiederhole ich. „Was genau soll das sein? Muss ich da auch atmen oder hecheln?“

Mama übernimmt wieder. „Nein, natürlich nicht! Der Kurs ist für Kinder gedacht, die ein jüngeres Geschwisterchen bekommen. Man erfährt einiges über Babys und tauscht sich mit anderen aus. Das wird garantiert lustig werden!“

„Das glaube ich auch!“, sagt Papa betont munter. Meine Eltern strahlen, als ob sie mir das neueste Smartphone geschenkt hätten. Wenn sie jetzt glauben, dass ich mich von ihrer gespielten Fröhlichkeit beeinflussen lasse, dann haben sie sich geirrt. Sie sind beide extrem schlechte Schauspieler.

„Und Anna und ich müssen dorthin?", frage ich, obwohl ich die Antwort schon ahne.

Mama sieht Papa Hilfe suchend an. „Also … Anna geht nicht zu dem Workshop, weil sie ja schon ein jüngeres Geschwisterkind hat", meint mein Vater. „Aber für dich ist es Neuland, und daher dachten wir, dass es ganz interessant werden könnte."

Aha.

Erst sollte es lustig sein und jetzt interessant.

„Keinen Bock." Mehr habe ich nicht zu sagen.

So eine blöde Idee!

Was soll ich denn da? Was wollen die mir erzählen? Dass es stressig und laut wird? Dass die älteren Geschwister mithelfen müssen? Weiß ich alles längst.

„Ich habe Hunger. Wann gibt es Mittagessen?", frage ich und hoffe, dass das Thema vom Tisch ist.

Wir gehen schweigend an den Esstisch. Es gibt Fisch, Kartoffeln und Salat. Mama und Papa unterhalten sich leise über verschiedene Dinge und lassen mich links liegen. Solange ich esse, ist mir das egal, aber dann bin ich satt und will wissen, ob ich wirklich bei Omas und Opas Umzug mithelfen muss.

„Natürlich", sagt Mama eisig.

Scheibenkleisterkacke.

Ich würde viel lieber ein ganz faules Wochenende machen. Vielleicht ins Kino gehen, lange schlafen, chillen, fernsehen, Computer spielen.

„Am Samstag kommt das Umzugsunternehmen, da helfe ich. Aber am Sonntag haben wir frei, oder?"

Papa kocht sich einen Espresso und sieht mich von der Seite an. „Am Samstag kommt zwar der Umzugswagen, aber bis alles aufgebaut und sauber gemacht ist, wird es lange dauern. Am Sonntag müssen dann vermutlich alle Kartons ausgeräumt werden."

Ich denke an das Geschirr, das wir einzeln auspacken und spülen müssen, und meine Laune wird immer schlechter. „Ich auch?"

„Wir alle", sagt Mama. „Es sei denn …"

Ich höre, dass die Hoffnung noch nicht verloren ist. „Es sei denn, was?"

„Es sei denn, du bist bereit, zu dem Workshop zu gehen. Dann würden wir darüber nachdenken, ob wir dir einen Tag am Wochenende freigeben."

„Aber nur dann", fügt Papa hinzu. „Ohne Gequengele, ohne Theater, ohne Schimpfen deinerseits."

Das ist ganz klar Erpressung!

Ich will protestieren und es ihnen vorwerfen, aber

dann wird mir klar, dass es zwecklos ist. Vielleicht könnte ich einen von ihnen umstimmen, aber zu zweit halten sie dummerweise immer zusammen.

Mama trinkt einen Schluck Wasser und legt wieder ihre Hände auf den Bauch. „Du musst schnell überlegen, Hugo. Wir brauchen eine Entscheidung. Du kannst uns damit beweisen, dass du wirklich so reif und erwachsen bist, wie du immer tust."

Die eigenen Eltern erpressen ihr Kind. Das müsste eigentlich das Jugendamt erfahren! Ob das legal ist?

„Aber Mams, ich weiß doch nicht, was ich bei diesem Workshop soll", sage ich mit einer weinerlichen Stimme. Die Mitleidstour zieht vielleicht. „Ich komme mit diesem ganzen Babykram noch nicht klar."

Papa setzt sich wieder hin und nickt. „Genau das ist auch der Grund, warum du dorthin gehen sollst, Hugo. Du hast keine Vorstellung davon, wie spannend es sein wird!"

Okay. Jetzt ist es also lustig, interessant und spannend.

Wenn man die drei Adjektive nimmt, könnte man annehmen, er erzählt von einem Top-Kinofilm, der sich bald im Hause Kotsbusch abspielen wird.

Real Life als neuer Baby-Kinohit. Ein Blockbuster.

„Und wenn ich hingehe, dann kriege ich den Sonntag auf jeden Fall frei?“, vergewissere ich mich. „Versprochen?“

Meine Eltern nicken beide und ich seufze. „Okay, dann schaue ich mir die Sache an.“

Mama sieht wieder freundlicher aus. „Das ist mein Sohn. Morgen um 17.30 Uhr geht es los.“

Eiskalt ausgespannt

Am nächsten Tag erzähle ich Nico in der Schule von unserem Abkommen. „Stell dir diese doofe Idee vor! Wer geht zu so einem beknackten Workshop hin?“

Nico grinst. „Krass! Hab ich noch nie gehört, dass es so was gibt. Und was macht man da?“

Ich zucke mit den Schultern. „Meine Eltern meinen, man erfährt was über das neue Leben mit dem Baby. Als wenn ich das jetzt schon wissen möchte! Ich erlebe es früh genug in der Praxis. Ich hoffe nur nicht, dass ich dort so komische Atemübungen machen muss wie in dem Kurs meiner Eltern. Wie ein Hund, der gerade gerannt ist.“

Ich fange an zu hecheln und mein Freund nickt. „Echt bescheuert! Du Ärmster! Dann können wir uns heute Nachmittag gar nicht treffen?“

Ich winke ab. „Nee.“ Dann kommt mir eine Idee. „Aber vielleicht könntest du mitgehen?“

„Wohin?“

„Zu dem Geschwisterdingskurs!“ Ich erwärme mich immer mehr für den Gedanken. „Echt jetzt, Nico! Komm mit! Es wird lustig, interessant und spannend!“

Ich merke, dass ich Papas Worte benutze, um Nico zu ködern, aber das ist egal. Mit ihm zusammen würde es zumindest sehr lustig werden.

Nico sieht nicht begeistert aus. „Aber ich habe doch schon eine jüngere Schwester, und ein weiteres Baby werden wir sicher nicht bekommen, sagt meine Mutter. Als du mir das von der Schwangerschaft erzählt hast, habe ich sie sofort gefragt, und sie hat mir versichert, dass die Familienplanung durch ist. Sie sagte, sie hätte nur zwei Hände, um zwei Kinder zu halten.“

„Du Glücklicher!“ Ich beneide ihn. Warum waren meine Eltern nicht genauso vernünftig? Mama ist schließlich kein Alien, also fehlt auch ihr eine dritte Hand – oder???

Na ja, Anna und mich muss mittlerweile niemand mehr an die Hand nehmen. Nico und seine Schwester auch nicht, also war das wohl nur so ein typisch unlogischer Erwachsenenspruch.

„Kommst du trotzdem mit? Biiiittteeee! Die Leiterin weiß schließlich nicht, dass du schon eine Schwester hast. Wir könnten für dich einen falschen Namen aussuchen, zum Beispiel …" Mein Blick fällt auf die beiden Jonasse. „Jonas Meyer oder Jonas Beyer", bettele ich. Es wäre so cool, wenn mein Kumpel dabei wäre!

Dieser schüttelt den Kopf. „Nee, Hugo, halt mich da raus, okay? Ich kann doch nicht einfach so dort auftauchen und lügen will ich auch nicht …"

Aber ich lasse nicht locker. „Du bist mein bester Freund und ich brauche jetzt deine Hilfe. Bitte! Komm doch mit!"

Ich sehe, dass Nicos Widerstand langsam schmilzt, und setze noch in Reimform einen drauf:

„Willst du viel und lange lachen,
musst du Kurs mit Hugo machen!"

Mein bester Freund grinst. „Ich muss mir das noch überlegen", sagt er. „Wann und wo ist der Workshop?"

Ich sage ihm die Adresse und die Uhrzeit und er nickt. „Ich will es aber nicht versprechen und schicke dir nachher eine SMS, okay?"

Damit muss ich mich zunächst zufriedengeben.

Am späten Nachmittag habe ich von Nico noch nichts gehört. Als ich ihn anzurufen versuche, ist bei Kolpings zu Hause dauerbesetzt und sein Handy ist abgeschaltet. Ich befürchte, dass er es sich anders überlegt hat und mir bewusst aus dem Weg geht. In der Hoffnung, auch irgendwie drumherum zu kommen, erzähle ich etwas vom Lernen, aber meine Mutter lässt sich nicht beirren. „Das kannst du dann nach dem Workshop weitermachen. Du weißt, dass du gleich losmusst?!"

Sie bietet sogar an, mich zum Krankenhaus zu fahren, weil es draußen wie aus Eimern schüttet, was ich brummend annehme. Die Frisur geht natürlich vor.

„Du musst keine Angst haben, Hugo, es wird auch nicht peinlich werden. Ich habe diesen Workshop extra ausgesucht, weil er für ältere Kinder ist. Es gibt auch einen für Drei- bis Siebenjährige. Du bist in dem für Acht- bis Zwölfjährige."

Ich sehe Mama entsetzt an. „Ich bin aber schon dreizehn! Ich will nicht mit Zwergen zusammen sein!"

„Ja, ja", antwortet sie und hält an einer roten Ampel. „Reg dich ab! Die Workshop-Leiterin hat mir gesagt, dass sie häufig auch Ältere dabeihaben, deshalb haben sie angefangen, die Altersstufen zu trennen. Du als einer der Großen kannst den Jüngeren ein gutes Vorbild sein."

Ich bin trotzdem wütend. Das haben mir meine Eltern bei ihrer Blockbuster-Beschreibung „lustig, interessant, spannend" bewusst verschwiegen. Ich will kein Vorbild sein, ich will überhaupt kein Geschwisterkind bekommen!

Wir sind da, und während mir Mama hinterherruft, dass sie in zwei Stunden wieder hier auf mich warten wird, steige ich beleidigt und schweigend aus dem Auto. Ich gehe nur dorthin, damit ich am Sonntag einen freien Tag bekomme, das soll sie ruhig kapieren.

Ich suche das Gebäude mit den Schulungsräumen und halte gleichzeitig Ausschau nach Nico. Ersteres finde ich aufgrund von Mamas Beschreibung ziemlich schnell, von meinem besten Freund ist jedoch nichts zu sehen. Bei dem Regen hatte er wohl erst recht keine Lust. Kann ich ihm nicht verdenken. Blöd nur, dass er mir keine SMS geschrieben hat.

Ich stelle fest, dass hier alle Räume einen Namen haben, und laut einem Plan an der Tür findet der „Geschwisterkinder-Workshop II" im ersten Stock in der „Regenbogenoase" statt. Super Name.

Von Weiten sind schon Kinderstimmen zu hören, und ich befürchte, eine Kindergartengruppe vorzufinden. Dann würde ich sofort umkehren und keinen Fuß in den Raum setzen!

Die Tür ist nur angelehnt und ich spähe durch den Spalt hindurch. Die Wände des Raums sind bunt, daher wohl sein Name, aber ansonsten erkenne ich nur Stühle und Tische, wie in der Schule. An einigen sitzen ein paar Kids, die zum Glück älter als Kindergartenkinder aussehen.

„Komm doch bitte herein!“, sagt eine Stimme.

Sie gehört zu einer kleinen braunhaarigen Frau mit einem freundlichen Gesicht, die mich sofort an irgendjemanden erinnert. Ich weiß nur noch nicht, an wen.

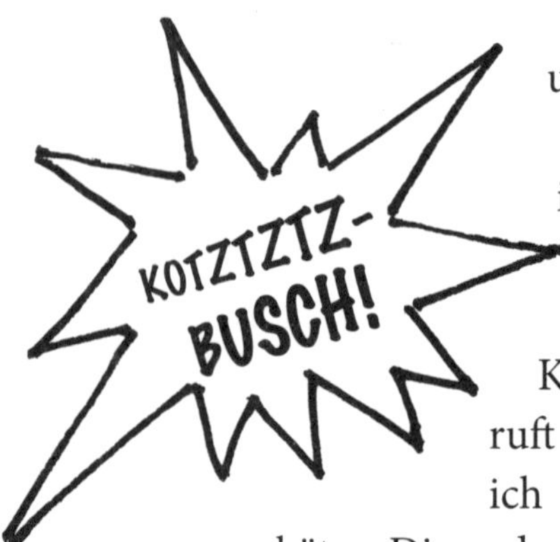

„Ich bin Schwester Maria und du bist …?“

„Hugo Kotsbusch“, sage ich.

„Kotztztzbusch! Habt ihr das gehört? Er heißt Kotztztzbusch wie Kotze“, ruft ein rothaariger Junge, den ich auf ungefähr zehn Jahre schätze. Die anderen lachen.

Nicht schon wieder die alte Leier.

Dass mein Nachname ätzend ist, weiß ich selbst, aber in der Schule sind wir mit allen Witzen dazu längst durch. Ich vergesse nur oft, dass mich dieses Thema in jeder neuen Situation immer wieder einholt.

Den Rothaarigen werde ich mir vornehmen müssen, aber erst einmal will ich nur wissen, was mich gleich erwartet. „Sind Sie eine Krankenschwester?“, frage ich die Frau.

Sie nickt lächelnd. „Eine Kinderkrankenschwester, genauer gesagt. Ich arbeite auf der Neugeborenenstation im Krankenhaus und leite den Geschwister-Workshop.“

„Und was sollen wir hier machen?“

Schwester Maria deutet auf einen Beamer und eine Kiste, die hinter ihr stehen. „Ihr seid alle Einzelkinder und mit einem Baby unerfahren. Ich zeige euch, was euch erwartet, und beantworte alle Fragen. Ein neues Familienmitglied, das noch so klein ist, braucht Pflege, Schutz und den richtigen Umgang. Vielleicht müsst ihr babysitten, Fläschchen geben oder eine Windel wechseln. Ich zeige euch, wie das geht. Such dir doch einen Platz aus, du hast die freie Auswahl.“

Babysitten, Fläschchen geben und Windeln wechseln? Ohne mich. Ein paar der lustigen Entspannungsübungen auf Turnmatten oder ein meditatives

Mittagsschläfchen wie bei dem Kurs meiner Eltern hätte ich mir eher gefallen lassen. Ohne das Atmen, versteht sich.

Aber alles andere geht gar nicht!

Ich beäuge meine Leidensgenossen und stelle fest, dass ich anscheinend der Älteste bin. Zwei Mädchen mit Zöpfen sind offenbar die Jüngsten. Sie sitzen abseits von den anderen Kids in der ersten Reihe und machen ein Klatschspiel. Zwei Reihen dahinter lümmelt sich der Rothaarige, der bei der fünfköpfigen Truppe neben sich das große Wort hat.

Ich könnte meine Eltern auf den Mond schießen, dass sie mir das hier antun!

Cool bleiben, Hugo!

Betont lässig gehe ich in die letzte Reihe. Als ich am Rothaarigen vorbei bin, werfe ich einen raschen Blick nach vorne. Schwester Maria verbindet gerade ein Notebook mit dem Beamer und sieht nicht her.

Ich beuge mich blitzschnell von hinten an das linke Ohr des Idioten und zische: „Wagst du es noch einmal, mich irgendwie zu beleidigen, dann hetze ich meine Hunde und meine Motorradgang auf dich, ist das klar, du Loser?“ Dabei kneife ich ihn kurz, aber schmerzhaft in den Nacken und gehe weiter, ohne auf sein „Aua!“ und die entsetzten Blicke der anderen zu achten.

„Wir warten noch einen Moment auf meine Assistentin, dann fangen wir an", sagt die Kinderkrankenschwester in unsere Richtung und lächelt schon wieder. „Sie springt bei der Partnerarbeit ein, weil wir eine ungerade Zahl an Teilnehmern haben."

Partnerarbeit!

Auch das noch!

Es ist ja wie in der Schule!

Dass mich Nico im Stich gelassen hat, nervt jetzt noch mehr. Nie ist er da, wenn man ihn braucht. Dabei habe ich ihm schon so oft geholfen. Wetten, dass ich die Krankenschwester-Assistentin als Partnerin abbekomme? Hoffentlich ist sie wenigstens nett und stinkt nicht nach Zwiebeln. Bei meiner letzten Partnerarbeit im Geschichtsunterricht wurde mir Tim zugeteilt. Der hatte in der Pause ein Mettbrötchen mit Zwiebeln gegessen und roch ekelhaft danach. Ich dachte die ganze Zeit, ich müsste mich übergeben, und habe versucht, die Luft anzuhalten. Fast wäre ich davon ohnmächtig geworden, und Tim musste schwören, nie wieder in der Schule Zwiebeln oder Knoblauch zu essen.

Ich sehe auf die Uhr. Es ist Punkt halb sechs. Ich hoffe, dass es endlich losgeht und wir keine einzige Minute überziehen. Die Tür öffnet sich. Endlich scheint die Assistentin aufzutauchen. Ich sehe ge-

langweilt nach vorne und … bin plötzlich mehr als geschockt.

Wie liegen meine Haare? Ich richte mich auf und streiche sie mir schnell glatt. Ist das wirklich wahr oder habe ich schon Halluzinationen? Ich kneife mich kurz, aber es ist offensichtlich keine Einbildung und kein Traum. Jetzt wird mir klar, an wen mich Schwester Maria erinnert …

„Da bist du endlich! Dann kann es losgehen. Darf ich euch allen meine Tochter und Assistentin Viola vorstellen? Wie schon erwähnt, springt sie heute bei der Partnerarbeit ein, damit wir eine gerade Teilnehmeranzahl haben."

Viola.

Sie ist es tatsächlich.

Viola aus der 7a, nein, seit diesem Schuljahr aus der 8a, mit grünen Katzenaugen und sehr hübsch. Sie ist die Tochter von Schwester Maria. Was für ein

Zufall! Und ich sitze hier wie ein Grundschulkind, um mir etwas von Babys erzählen zu lassen.

Ich – der große Held der Schule!

Der coole Mädchenschwarm!

Wie peinlich ist das denn!

Was soll ich jetzt tun?

Aus dem Fenster springen geht nicht, denn wir sind im ersten Stock. Unter den Tisch zu kriechen, mir die Jacke über den Kopf zu ziehen und zum Ausgang zu laufen, sind keine guten Alternativen.

Alles klar, Hugo.

Es bleibt nur eins:

Sei cool.

Sei lässig.

Sei einfach der Hugo-Boss.

Aber es ist ausgerechnet Viola!!!

Ein Glück, dass Nico jetzt nicht hier ist! Er würde mich bestimmt unerbittlich daran erinnern, dass ich vor einem Jahr total auf sie stand und damals alles Mögliche angestellt habe (ihretwegen bin ich sogar in eine Ballettschule gegangen!), um sie auf mich aufmerksam zu machen.

An diese ganzen Einzelheiten will ich jetzt nicht denken, sonst würden meine Nerven das nicht aushalten. Es ist Schnee von gestern und das soll so bleiben. Mittlerweile grüßen wir uns zwar in der Schule, aber das ist es dann auch.

„Bei mir ist noch ein Platz frei!", ruft der Rothaarige und schiebt den Jungen neben sich einfach zur Seite, um einen Stuhl freizuräumen.

Violas Blick gleitet durch die Reihen und bleibt an mir haften. Sie macht so ein Pokerface, dass ich nicht weiß, ob sie mich überhaupt erkennt.

„Viola, setz dich doch ganz hinten zu dem älteren Jungen, dann haben alle einen Partner", sagt Schwester Maria, und sie wird mir immer sympathischer.

„Nein! Nicht zu dem! Er heißt …" Der Rothaarige unterbricht sich, und ich nehme an, dass er sich gerade an meine Drohung erinnert hat.

Viola nickt, und ich checke unauffällig mein Outfit und bin froh, die neue dunkelblaue Chinohose und das hellblaue Kapuzensweatshirt angezogen zu haben, die mich, wie ich finde, sehr erwachsen wirken lassen. Ich kreuze lässig mein rechtes Bein über das linke und setze ein gelassenes Gesicht auf. Sie soll bloß nicht denken, dass hier genauso ein kindischer Blödmann sitzt wie der Rothaarige. Mir wird schon etwas einfallen, warum ich ausgerechnet an diesem Workshop teilnehme.

„Hi", sagt Viola und setzt sich links neben mich.

Kein weiteres Wort mehr, kein Zeichen von Wiedererkennung. Nichts!

Hallo?

Ich bin's!

„Hi", antworte ich genauso kurz angebunden.

Schwester Maria dimmt das Licht und macht den Beamer an. Sie fängt an zu erzählen und zeigt uns dabei Fotos von Neugeborenen, wie sie nach der Geburt gewogen, gemessen und gebadet werden. Ich höre nur mit einem Ohr zu und konzentriere mich stattdessen auf Viola, die ganz ruhig neben mir sitzt.

Soll ich etwas sagen? Spielt sie die Arrogante oder erkennt sie mich wirklich nicht?

„Die kleinen Schreihälse sehen alle gleich aus", flüstere ich schließlich.

„Ja, total süß, oder?", gibt sie leise zurück. „Ich liebe Babys!"

Ach du Scheibenkleisterkacke.

Eigentlich wollte ich sagen, dass mir diese halben Portionen unheimlich vorkommen und ich große Menschen bevorzuge, aber da Viola so begeistert zu sein scheint, muss ich kurz umdisponieren. „Mhm", antworte ich.

„Ich bin total gern auf der Station, wo meine Mutter arbeitet. Dort kann man immer niedliche Babys sehen und es riecht immer so lecker." Sie wird richtig gesprächig, aber ich habe keine Ahnung, wie sie das meint. Werden Neugeborene mit Parfüm angesprüht oder befindet sich die Krankenhausküche darunter?

„Leckere Gerüche mag ich auch", sage ich. „Besonders nach Schnitzeln und Bratkartoffeln."

Viola lacht und hält es offensichtlich für einen Scherz. „Der Babygeruch ist aber noch leckerer."

So kommen wir nicht weiter. Außerdem sieht uns Schwester Maria prüfend an. Als sie sich wieder umdreht, schaut mich Viola von der Seite an. „Wann kommt denn euer Baby?"

Woher weiß sie das?

Wer hat schon wieder nicht dichtgehalten?

Ich will mich gerade darüber aufregen, da fällt mir ein, warum ich hier bin und dass das wohl jeder erraten würde. „Im Dezember."

„Süß. Ich beneide dich! Ich bin ein Einzelkind. Du freust dich bestimmt schon, was?", flüstert sie weiter.

Ich will die Wahrheit sagen und verneinen, aber mein Kopf nickt lächelnd und mein Mund flüstert zurück: „Total. Das wird bestimmt cool."

In diesem Moment wird die Eingangstür aufgerissen. „Entschuldigung, ich komme zu spät. Aber ich habe das richtige Gebäude nicht auf Anhieb gefunden", sagt jemand außer Atem. Nico ist da.

Genau dann, wenn man ihn nicht braucht.

Schwester Maria stoppt die Fotoschau und sieht ihn verwundert an. „Bist du für den Geschwisterkurs angemeldet? Laut meiner Liste sind alle da."

Nico zuckt mit den Schultern. „Keine Ahnung. Ich bin ... Bully ... Jonas, meine ich. Jonas Bully. Genau so heiße ich."

Ich lache kurz auf. Jonas Bully, ein schöner Name.

Nicos Blick wandert über die Gesichter im Raum, bis er mich entdeckt. Und dann Viola. Ich sehe, dass er gar nichts kapiert und nicht so recht weiß, was er jetzt machen soll. Am liebsten würde ich ihm zu verstehen geben, dass alles okay ist und er wieder verschwinden kann, aber das geht nicht so einfach. Also nicke ich ihm nur unbemerkt zu.

„Willst du dich erst einmal hinsetzen, Jonas?", fragt Schwester Maria und deutet auf die Stuhlreihen. „Die Formalitäten können wir am Ende des Workshops abklären. Wir müssen dann nur gleich sehen, wie wir das mit der Partnerarbeit aufteilen ..."

Nico alias Jonas Bully marschiert direkt zu Viola und mir. Ich überlege, ob sie wissen könnte, wie er wirklich heißt, glaube es aber nicht. „Hallo, Hugo."

„Hallo ... Jonas."

„Dich kenne ich doch auch aus der Schule. Bist du nicht mit Hugo in einer Klasse?", fragt Viola. „Was

für ein Zufall, dass ihr beide hier seid! Wann ist es denn bei euch so weit?"

Nico setzt sich rechts neben mich und weiß wohl nicht, was er darauf antworten soll. „Ähm … bald", murmelt er.

Zum Glück will Schwester Maria mit dem Vortrag fortfahren und bittet uns um Ruhe. Während es wieder dunkler im Raum wird, drehe ich mich unauffällig zu Nico um und versuche, ihm per Augensprache klarzumachen, dass sich die Situation verändert hat. Ich bin ihm dankbar, dass er mich doch unterstützen möchte, brauche ihn aber nicht mehr. Er soll unter einem Vorwand sofort wieder gehen.

Ich zwinkere und bemühe alle meine Augenmuskeln, aber leider ist die Augensprache noch nicht so ausgereift, wie ich dachte, und Nico versteht kein einziges Wort.

„Was ist denn?", zischt er nur. „Warum zuckst du so komisch und was macht DIE denn hier?"

Auf der Leinwand wird jetzt ein Kurzvideo gezeigt, in dem natürlich ein Baby die Hauptrolle spielt. Es ist total rot im Gesicht und brüllt, was das Zeug hält. Mann, ist das Ding laut! Ich brauche wirklich unbedingt den schalldichten Raum! So etwas jeden Tag zu hören, halte ich nicht aus.

Ich nutze aber das Geschrei, um meinen Freund auf den neuesten Stand zu bringen. Per SMS-Kurzsprache versuche ich ihm zu verklickern, dass er nicht mehr gebraucht wird: „Vio Tochter Leiter. Zufall. Problem weg. Du auch. Dank", sage ich.

Wir sind ja schließlich die SMS-Generation.

Aber in dem lauten Gebrüll geht wohl die Hälfte unter, denn Nico antwortet: „Keine Sorge, ich bin ja jetzt da. Ich helfe dir auch bei diesem Problem, aber du bist mir echt was schuldig."

Hä?

Welches Problem meint er jetzt?

Bevor ich das näher erörtern kann, ist der Film zu Ende und Schwester Maria macht wieder das Licht an. „Nun kommt der praktische Teil“, sagt sie fröhlich. „Die Partnerarbeit.“

„Müssen wir jetzt atmen und hecheln üben?“, frage ich halblaut, und Viola lacht, während mich Nico entsetzt ansieht.

Die Workshop-Leiterin erklärt, dass wir anhand von Babypuppen lernen sollen, wie man ein Baby hochnimmt, es hält und einem anderen in die Arme legt. „Ihr als Geschwister wollt das Baby sicher auch mal tragen. Das könnt ihr schon heute mit Puppen ausprobieren, das wird euch Spaß machen!“

Wir sollen mit Puppen spielen?

Normalerweise wäre der Workshop spätestens jetzt für mich beendet, aber da nun Viola als Partnerin neben mir sitzt und das alles ganz toll findet, mache ich natürlich mit. Ich versuche, Nico ein Zeichen zu geben, dass er sich verabschieden kann, doch er versteht anscheinend immer noch nicht.

„Wir sind zu dritt. Lustig! Meine kleine Schwester spielt auch immer Mutter, Vater, Kind“, sagt er stattdessen in unsere Richtung.

„Du hast schon eine kleine Schwester? Was machst du dann heute hier?“, fragt Viola erstaunt, und Nico beißt sich auf die Lippen. Ups!

Ich will ihm helfen, irgendeine Story erfinden und ihn endlich wegschicken, aber Schwester Maria, die

die Babypuppen verteilt hat, kommt mit zwei von den Riesendingern gerade zu uns.

„Tun wir so, als ob unsere Mütter Zwillinge bekommen?“, frage ich halblaut, und Viola lacht schon wieder. Macht Spaß, sie zum Lachen zu bringen. Ich wusste schon immer, dass meine Witze jeden vom Hocker reißen, auch die älteren Girls.

Die Kursleiterin schüttelt aber den Kopf. „Nein, da ihr zu dritt seid und eine Babypuppe übrig geblieben ist, werde ich hier aushelfen.“

Ich sehe Nico entschuldigend an, denn es ist klar, dass *er* den Schwarzen Peter hat und Schwester Maria als Partnerin bekommt. Doch dieser macht etwas Ungeheuerliches: Er verletzt alle Freundschaftsregeln und fällt mir voll in den Rücken! „Wollen wir zusammen üben?“, fragt er ausgerechnet Viola!

Sie zuckt mit den Schultern. „Klar. Warum nicht?“

„Dann bist *du* heute mein Partner“, lächelt mich Schwester Maria an. „Hugo, nicht wahr?“

Wie?!

Hallo!!!

Ich stehe unter Schock. Nicht nur, dass ich diesen ganzen Quatschkurs über mich ergehen lassen muss. Nicht nur, dass ich gar nicht großer Bruder werden möchte. Nein, jetzt werde ich auch noch von meinem besten Freund verraten, der mir Viola eiskalt als Partnerin vor der Nase wegschnappt!

Was will er mir damit beweisen?

Dass er wirklich der große Frauenversteher ist, oder was? Nico Kolping, der neue Mädchenschwarm der Schule?

Ich bin sauer!

Ich bin stinkig!

Ich bin …

„Regel Nummer eins: Wir fragen immer zuerst die Mama, ob es in Ordnung ist. Regel Nummer zwei: Wir waschen uns immer die Hände, denn Babys stecken sich schnell mit Krankheiten an. Regel Nummer drei: Wir nehmen das Baby ganz vorsichtig hoch, indem wir es leicht zur Seite drehen. Regel Nummer vier: Wir stützen dabei immer sein Köpfchen", fällt mir Schwester Maria in die Wutgedanken hinein.

Eisig schweigend mache ich die Übung zehnmal hintereinander. Die komische Puppe ist ganz schön schwer. Sie hat Glatze, große blaue Augen und trägt so eine Art Ganzkörperüberzug mit angenähten Socken, den meine Partnerin „Strampler" nennt.

„Etwas vorsichtiger mit dem Baby umgehen, Hugo!", mahnt die Kursleiterin. „Es ist ein kleiner

Mensch, dem du nicht wehtun möchtest. Was bekommst du denn? Einen Bruder oder eine Schwester?"

„Keine Ahnung", antworte ich grimmig und schiele immer wieder zu Viola und Nico, die anscheinend viel Spaß miteinander haben, denn sie kichern und flüstern, während sie abwechselnd die Puppe hochheben.

Super.

Genau so habe ich mir Nicos Hilfe vorgestellt.

Dass er mir die Mädchen ausspannt und Familie mit ihnen spielt.

Nachdem die Kinderkrankenschwester uns gezeigt hat, wie man „das Baby" jemand anderem in den Arm legt, und wir das etwa zehn Minuten geübt haben, gibt es endlich eine Pause.

„Was soll ich nur tun, wenn Schwester Maria nach meinen Daten fragt?", stürmt Nico sofort auf mich zu.

Aha.

Jetzt soll der Hugo-Boss dem kleinen Nico helfen. Was denkt er sich eigentlich? Dass ich ihm sein Verhalten durchgehen lasse? „Keine Ahnung. Eigentlich sollte ich dich auflaufen lassen, Jonas Bully", antworte ich sauer.

Nico sieht mich mit weit aufgerissenen Augen an.

„Was? Warum? Ich bin deinetwegen hier und helfe dir!“

Also, das ist ja wohl die Höhe. Der feine Herr kehrt das Opfer heraus!

„Wie hilfst du mir denn?“, meckere ich ihn leise an. „Indem du dich zwischen Viola und mich drängst? Ich habe dir deutlich gezeigt, dass alles okay ist und ich deine Hilfe hier doch nicht brauche. Du hättest einfach gehen können, aber nein, du bleibst und ärgerst mich.“

Mein Kumpel sieht komischerweise ziemlich verwundert aus. „Häää? Ich habe es so verstanden, dass ich dich vor Viola retten soll!“

„Nie im Leben! Red dich bloß nicht doof heraus! Was ist nur neuerdings mit dir los? So verhält sich kein guter Freund! Ich denke, du stehst auf Linda Kowalski, aber jetzt spannst du mir Viola aus.“ Am liebsten würde ich ihn anschreien, aber Viola und ihre Mutter, die vorne stehen, dürfen uns nicht hören, also zische ich nur noch.

Nico zieht die Augenbrauen hoch. „Du spinnst doch! Du hast vor ein paar Tagen zu mir gesagt, dass du keinen Stress mit Mädchen gebrauchen kannst, und hast mich vorhin gebeten, dein Problem zu lösen. Also dachte ich, dass du mit deinen wilden Zeichen Viola meinst, die ich dir vom Hals schaffen soll. Und das habe ich getan! Aus Freundschaft!"

„Von wegen! Ich glaube dir kein Wort! Du hältst dich für den Frauenhelden und meinst, dass du jede haben kannst!" Es fällt mir schwer, nicht lauter zu werden.

„Du bist total übergeschnappt, Hugo!"

Wir funkeln uns beide wütend an. Ich kann mich nicht erinnern, dass wir jemals so sauer aufeinander gewesen sind. Vielleicht damals, als ich Nicos ferngesteuertes Polizeiauto in einen Teich habe fahren lassen, weil ich wissen wollte, ob es schwimmen kann. Wir haben erst wieder miteinander geredet, als meine Eltern ihm das Auto ersetzt haben.

„Jedenfalls brauchst du mich nicht mehr um Hilfe zu bitten. Ich verschwinde jetzt und du hast deine Viola ganz für dich allein“, sagt Nico, dreht sich um und geht.

Zerstritten

Ich überlege, ob ich ihm nachlaufen soll, beschließe aber, das mit Nico später zu klären. Stattdessen schlendere ich zu Viola, die mit ihrer Mutter irgendetwas sortiert. Es sieht verdächtig nach kleinen Fläschchen und komischen Papiertüchern aus, und ich denke, dass ich nur weitermachen werde, wenn sie jetzt meine Partnerin wird.

„Ni… ich meine, Jonas ist wieder gegangen", sage ich.

Schwester Maria hebt verwundert den Kopf. „Warum denn? Er hat sich nicht abgemeldet."

„Jonas hat sich vertan", sage ich daher. „Er wollte eigentlich einen anderen Workshop besuchen. Aber weil er sich verspätet und dann mich entdeckt hat, wollte er nicht zugeben, dass er hier falsch war."

Die Kinderkrankenschwester sieht mich ziemlich zweifelnd an.

„Aber warum hat er nichts gesagt? Ich hätte ihm geholfen, den anderen Kurs zu finden“, wundert sie sich. „Parallel zu unserem Kurs laufen nur noch Yoga, orientalischer Bauchtanz und Rückengymnastik in diesem Gebäude.“

Jetzt kann ich nicht an mich halten. Eine kleine Rache muss sein. „Er hat nichts gesagt, weil er sich vor den Kids hier nicht blamieren wollte, aber eigentlich hat ihn seine Mutter beim orientalischen Bauchtanz angemeldet, glaube ich.“

Schwester Maria und ihre Tochter grinsen. „Das kann ich verstehen“, kichert Viola. „Ganz schön peinlich!“

„Jetzt bist du ohne Partner“, sage ich und nehme dann meinen ganzen Mut zusammen. „Aber wir könnten uns zusammentun, wenn deine Mutter einverstanden ist.“

Schwester Maria sieht Viola an. „Oder du machst dir einen schönen Nachmittag und gehst auch schon, Violakind.“

Scheibenkleisterkacke!

So war das aber nicht gemeint.

Damit wäre der ganze Nico-Streit völlig umsonst gewesen. Mir tut sowieso schon ziemlich leid, was ich vorhin zu ihm gesagt habe.

Ich hypnotisiere Viola und versuche, ihr per Gedankenübertragung klarzumachen, dass sie bleiben soll. Nicht gehen, nicht gehen, nicht gehen …

„Gehen? Nö. Ich bleibe bis zum Ende und mache mit Hugo weiter“, sagt sie plötzlich.

Hurra!

Sie hat mich verstanden!

Ich bin ein Mental-Genie!

Der zweite Teil beginnt, und wenn nicht Viola hier wäre, dann würde ich spätestens jetzt abhauen, ich schwöre! Denn nun geht es nicht nur um das Herumtragen der Riesenpuppen, sondern plötzlich auch um ganz schreckliche Dinge, mit denen ich nichts zu tun haben will.

Der erste Schock kommt, als Schwester Maria die kleinen Fläschchen verteilt. „Ich zeige euch jetzt, wie man dem Baby etwas zu essen gibt.“

„Das wird meine Mutter machen“, sage ich.

Viola grinst. „Quatsch! Es macht Spaß. Guck mal!“ Sie hält die Puppe im Arm und steckt ihr das Fläschchen in den Mund. „Versuch's! Das ist cool.“ Ohne auf meinen Widerstand zu achten, überreicht sie mir „das Baby“, wie wir es vorher gelernt haben, und die Flasche.

Mir bleibt nicht viel übrig und deshalb tue ich es ihr nach. „Total cool“, murmele ich.

Wir lernen, dass die kleinen Schreihälse nach jeder

Mahlzeit ein „Bäuerchen" machen müssen. Dafür legt man sie sich über die Schulter und klopft ihnen vorsichtig auf den Rücken, bis sie aufstoßen.

Klasse. Wenn ich mal rülpse, regen sich Mama und Papa über mein schlechtes Benehmen auf, aber die Babys dürfen sich wohl alles herausnehmen.

Viola beobachtet mich und nickt wohlwollend. „Es sieht gut aus. Du bist der perfekte große Bruder, Hugo."

Tja, wen wundert's?

„Willst du mal vorbeikommen und dir unser Baby ansehen, wenn es da ist?", frage ich spontan.

Doch bevor mir Viola eine Antwort geben kann, setzt Schwester Maria noch einen drauf: Sie verteilt die komischen Papiertücher an uns, die sich aber nicht als Papiertücher, sondern als Windeln entpuppen.

Ganz winzige, zusammengefaltete Windeln.

„Zu guter Letzt lernen wir, wie man die Babys wickelt", sagt sie fröhlich. „Es heißt nicht, dass ihr das tun sollt, aber zumindest wisst ihr, wie es funktioniert."

Was?!

Wickeln?!

Ohne mich!

Ich will gar nicht wissen, wie es funktioniert!

Die meisten anderen Kids scheinen genauso wie ich zu denken, denn sie verziehen ihr Gesicht. Der Rothaarige fängt an, seine Puppe hin und her zu werfen. „Igitt! Das mache ich nicht!“, ruft er. „Die Kacke stinkt doch! Da greife ich nicht rein!“

Nur die beiden kleineren Mädchen, die in der ersten Reihe sitzen, klatschen in die Hände. „Jaaa! Windeln wechseln! Endlich! Wie bei Baby Born!“

Viola rümpft die Nase. „Das ist der Teil, den ich immer hasse. Sobald sie ‚Wickeln‘ hören, benehmen sich die meisten wie Kindergartenkinder“, schimpft sie. „Dabei sollen sie doch nur erfahren, worum es geht. Zum Glück habe ich diesmal dich als Partner. Man merkt, dass du reifer bist.“

Ha!

Viola hält mich für reif!

Obwohl sie älter ist, findet sie mich nicht kindisch!

Ich merke, dass hier meine Vorbildfunktion gefragt ist. „Her mit der Windel", sage ich laut, damit mich alle hören. „Und dann machen wir alles nach, was uns Schwester Maria zeigt. Wir sind doch keine Weicheier!"

Die anderen hören offenbar auf mich und nehmen sich gehorsam so ein komisches Papierding. Nur der Rothaarige sieht noch bockig aus, aber das ist egal, denn auf ihn achtet jetzt niemand. Plötzlich stehen Viola und ich im Mittelpunkt, was mir gut gefällt.

Ich bin Hugo, der Wickelexperte!

„Wenn ihr das Baby habt und du darauf aufpassen musst, dann kannst du mir Bescheid geben", lacht Viola, und ich weiß nicht, ob sie das ernst meint. „Dann komme ich vorbei und helfe dir. Wir sind jetzt ein eingespieltes Team."

Und dann ist plötzlich der Workshop vorbei, und ich bedauere, dass er nur so kurz war. Mit Viola als Partnerin hätte ich noch Stunden weitermachen können. „Wenn du das Baby sehen möchtest, dann kann ich dir eine SMS schreiben, sobald es da ist", sage ich und bemühe mich um einen coolen Ton.

Sie nickt, und ich hoffe, dass sie es ernst meint,

auch wenn mir eine andere Verabredung lieber wäre. Doch das traue ich mich nicht zu sagen.

Mamas Auto steht schon auf der anderen Straßenseite. „Ich habe heute die Wiege und den Kinderwagen fertig gemacht“, sagt sie stolz. „Wie war es bei dir? Hast du etwas mehr über Babys erfahren?“

Ich zucke mit den Schultern. Wenn ich ihr jetzt erzähle, dass ich sogar Fläschchen geben und wickeln gelernt habe, brummt sie mir bestimmt das Kind zum Babysitten auf. Doch das werde ich nur dann tun, wenn Viola tatsächlich vorbeikommt. Also erzähle ich Mama nur, dass wir alle unbedingt Ohrenstöpsel brauchen werden. „Du kannst dir nicht vorstellen, wie laut so ein Baby brüllen kann!“

„Vergiss nicht, dass ich schon zwei Babys bekommen habe“, antwortet sie und lacht. „Dich haben wir sogar ‚das Martinshorn‘ genannt. Du warst so laut wie ein Feuerwehrwagen, der zum Einsatz rast.“

Ich grinse. „Tja, ich wusste eben schon immer, wie man auf sich aufmerksam machen muss.“

„Und wie war es sonst?“, will Mama wissen. „Kanntest du dort jemanden?“

Ich will sie nicht anlügen, aber ihr jetzt von Nico und Viola erzählen werde ich auch nicht. Also greife ich auf den alten Hugo-Trick zurück und lenke sie ab. „Warum heißt die Sirene eigentlich Martinshorn?“

Meine Mutter, die natürlich auf alles eine Antwort weiß, erklärt, dass „Martin" der Nachname eines Jagdhorn-Fabrikanten war. Der hat um 1930 herum ein Mehrton-Horn entwickelt, das gesetzlich für alle Einsatzfahrzeuge vorgeschrieben wurde. „Anna war schon laut, aber du hast sie übertroffen. Papa hat immer gesagt, dass es unglaublich ist, wie so ein kleiner Mensch diese Lautstärke entwickeln kann."

„Und habt ihr Ohrenstöpsel benutzt?"

Mama lacht. „Quatsch! Wenn du gebrüllt hast, dann hattest du irgendwas. Die Aufgabe der Eltern ist, es herauszufinden und das Baby zu beruhigen."

Okay, aber es ist nicht die Aufgabe des Bruders, denke ich. Ich brauche die Dinger auf jeden Fall. Und möglichst viele Eierkartons, um die doppelte Wirkung zu erzielen.

„Hat es dir denn in dem Workshop gefallen?", fragt Mama, während wir vor unserer Haustür parken.

Ich zögere. „Es war okay", sage ich schließlich ausweichend. „Wir haben mit Puppen geübt. Das ist für einen Dreizehnjährigen eine Zumutung. Aber sonst ging es."

Meine Mutter freut sich sichtbar, dass ich nicht weiter meckere, und gibt mir einen Kuss auf die Wange. „Du wirst schon sehen, wie toll es ist, ein großer Bruder zu sein!"

Das bezweifle ich, sage aber nichts. Ich murmele etwas von Hausaufgaben und verziehe mich auf mein Zimmer. Dort denke ich noch einmal über den komischen Nachmittag nach. Am liebsten würde ich Nico das mit der Viola-fast-Verabredung erzählen, aber mein bester Freund ist derzeit sauer auf mich. Und ich eigentlich auf ihn.

Ich denke nach: Vielleicht hat Nico tatsächlich einiges missverstanden? Immerhin ist er meinetwegen zum Workshop gekommen. Es war wirklich laut wie bei einem Polizeieinsatz, als das Kind auf der Leinwand gebrüllt hat, und möglicherweise hat Nico meine Signale und SMS-Aussagen nicht kapiert.

Jetzt bekomme ich ein schlechtes Gewissen und beschließe, ihn sofort anzurufen. Das Handy scheint immer noch abgeschaltet zu sein und ich versuche es auf dem Festnetz.

„Einen wunderschönen guten Tag. Willkommen bei der Kolping-Familie. Zurzeit sind unsere Mitglieder nicht zu sprechen", hört man Nicos Stimme auf dem Anrufbeantworter. „Wenn Sie eine Nachricht für Herrn oder Frau Kolping haben, drücken Sie nach dem Pfeifton die Eins und sprechen dann schnell und deutlich. Wenn Sie etwas für Maria-Victoria Kolping hinterlassen wollen, drücken Sie nach dem Pfeifton die Zwei und singen Ihre Nachricht vor. Wenn Sie Nico Kolping sprechen möchten, drücken Sie nach dem Pfeifton die Drei und legen dann umgehend auf. Auf Wiederhören."

Ich muss lachen. Super Idee! Der Pfeifton kommt und ich drücke die Drei und lege auf. Alles so gemacht wie befohlen, aber leider habe ich nichts dadurch gewonnen. Also schreibe ich ihm eine SMS: „Sorry, sorry! Alles doof gelaufen. Ruf mal an, wenn du das liest."

Auf Abkürzungen verzichte ich bewusst, damit nicht wieder Missverständnisse aufkommen.

Nico ruft aber nicht an und so gehe ich am nächsten Tag mit gemischten Gefühlen zur Schule. Wie wird er drauf sein? Und wie wird sich Viola verhalten, wenn sie mich sieht?

Auf dem Schulhof entdecke ich meinen besten Freund schon von Weitem: Er steht mit Bully, Jan, Matthias, Dennis und den beiden Jonassen zusammen und erzählt ihnen etwas. Wahrscheinlich wissen schon alle, wo ich gestern war und wie es dort im Geschwisterkurs gelaufen ist. Gleich werden sie mich mit Häme überschütten.

„Hugo?" Als ich Violas Stimme neben mir höre,

zucke ich zusammen. Sie ist nicht allein, sondern wird von zwei Freundinnen begleitet, die mich von oben bis unten abfällig mustern. „Warte mal eben, ich habe etwas für dich."

„Hallo." Ich bin wie gelähmt und ärgere mich darüber. Kein guter Spruch fällt mir ein, um die Situation etwas entspannter zu machen und Violas Begleiterinnen zu zeigen, wie witzig und cool ich doch bin.

Viola wühlt in ihrer Umhängetasche. „Meine Mutter meinte, du hättest deine Prospekte vergessen und ich soll sie dir geben. Dann kannst du alles nachlesen."

Sie überreicht mir eine DIN-A4-Mappe, auf der drei Babys in Windeln abgebildet sind. Ich lese die Riesenüberschrift „Hurra! Das Baby ist bald da!" und laufe rot an, während die Mädchen gleichzeitig zu kichern anfangen.

„Woher hast du das, Viola?", fragt eine von ihnen, und sie erklärt ihnen alles.

Währenddessen versuche ich verzweifelt, die Mappe mit meinen Armen zu verdecken, bis mir einfällt, dass ich sie in meinem Rucksack verschwinden lassen könnte.

In der Zwischenzeit bleiben noch weitere Girls aus

Violas Klasse neben uns stehen. „Bekommst du einen Bruder oder eine Schwester?“, fragt ein blondes Mädchen.

Es dauert einen Moment, bis ich kapiere, dass sie mich meint. „Surprise, surprise“, sage ich und zucke mit den Schultern. „Keine Ahnung.“

„Du musst doch wissen, ob auf dem Ultraschallbild ein kleiner Du-weißt-schon-was zu sehen war“, mischt sich vorlaut eine Braunhaarige ein.

Ich habe es endlich geschafft, diese blöde Mappe in den Rucksack zu stopfen, und merke jetzt erst, dass wir schon eine kleine Traube auf dem Schulhof bil-

den. Ich in der Mitte und an die zwölf Mädchen im Halbkreis um mich herum. Aus den Augenwinkeln sehe ich meine Freunde, wie sie neugierig zu uns herüberschielen. Selbst Nico glotzt erstaunt. Die Mädels aus meiner Klasse zeigen sogar mit dem Finger auf uns.

„Hugos Eltern wollen sich überraschen lassen", erklärt Viola ihren Freundinnen. „Deshalb weiß es keiner."

„Cool!", sagt die Braunhaarige. „Vielleicht sind es sogar zwei! Oder drei?"

„Zwei oder drei – was?", frage ich.

„Na, vielleicht bekommt ihr Zwillinge? Oder Drillinge? Bei den Nachbarn meiner Oma gab es eine Familie mit drei Mädchen. Der Vater hat sich immer einen Sohn gewünscht und es hat dreimal hintereinander nicht geklappt. Vor zwei Jahren wollten sie es noch einmal versuchen", erzählt die Braunhaarige.

Alle sehen sie gespannt an. „Und dann?", frage ich für uns alle, denn auch mich interessiert der Ausgang der Story.

Die Braunhaarige grinst. „Der absolute Hammer! Es wurden Drillinge!"

„Wow", flüstere ich.

„Jungs?", sagt jemand.

„Nö. Mädchen. Aber diesmal drei auf einen Schlag.

Jetzt haben sie sechs davon. Könnt ihr euch das vorstellen? Der Vater ist mittlerweile bestimmt in psychiatrischer Behandlung."

Wir stehen alle sprachlos da und in meinem Kopf arbeitet es schon wieder. Ob meine Eltern sich sicher sind, dass wir nur *ein* Baby bekommen? Wenn sie wirklich nicht nachgefragt haben – wissen sie überhaupt, wie viele Babys aus Mamas Bauch herauskommen werden? Er ist ganz schön riesig!

Ein Baby ist schon heftig, aber gleich zwei oder drei? Ich bekomme Schweißausbrüche. Das wird doch uns nicht passieren, oder?

Diese Geschichte muss man erst einmal verdauen.

„Ich finde Babys süß", sagt Viola. „Sie riechen so lecker, und wenn sie dich anschauen, dann ist das sooo knuffig!"

Die Freundinnen pflichten ihr bei, und ich staune wieder einmal, wie sehr sich doch Frauen und Männer unterscheiden. Ich kann nichts Süßes daran finden und habe keinen Bock, so ein Ding in meiner Nähe zu haben, während die sich jetzt darüber auslassen, wie niedlich die Kleinen doch sind.

„Tschüss dann“, murmele ich, denn zu dieser Unterhaltung kann ich nichts beitragen.

„Denk daran, mir Bescheid zu geben, wenn euer Baby da ist!“, sagt Viola.

Immerhin etwas.

Ich mache mich auf den Weg zu den Leuten aus meiner Klasse. Es wird Zeit, mich mit Nico zu vertragen. Ich muss mit ihm unbedingt über das Drillingsding reden und seine Meinung dazu hören. Er kennt meine Eltern schließlich auch, und ich will wissen, ob er ihnen zutraut, mir so etwas zu verschweigen.

„Wann kommt das Baby?“ Lucy, Linda, Carolin, Samantha und Ann-Kathrin stehen vor mir und sehen mich neugierig an. „Dürfen wir dich dann zu Hause besuchen und das Baby angucken? Babys sind so süß!“

Ich stöhne auf. Nicht die auch noch! „Woher wisst ihr das mit dem Kind?“, frage ich streng. „Wer konnte hier mal wieder seinen Mund nicht halten?“

Ann-Kathrin zieht die Augenbrauen hoch. „Hä? Was hast du denn für ein Problem? Du hast doch selbst vor den Sommerferien erzählt, dass ihr im Dezember ein Baby bekommt. Jeder weiß das.“

„Das kann gar nicht sein“, antworte ich. „Niemand hat es bisher erwähnt, also muss es ein Leck geben.“

„Ein Leck?“ Carolin tippt sich an die Stirn. „Du spinnst doch, Hugo! Was denn für ein Leck? Es ist doch nicht geheim! Laufend kriegen Leute Kinder, also komm mal wieder runter von deinem Egotrip. Nico hat erzählt, dass ihr gestern so einen coolen Workshop besucht habt, für ältere Geschwister. Mein Bruder hätte das nie gemacht, aber der ist auch ein totaler Blödmann.“

„Das hätten wir dir gar nicht zugetraut“, fügt Linda hinzu. „Aber du warst schon immer für Überraschungen gut.“

Was meint sie denn jetzt schon wieder damit?

Von Häme keine Spur, die Girls sehen vielmehr alle beeindruckt aus. Bin ich eigentlich der Einzige, der die Sache mit dem B-Ding doof findet?

„Also?“ Lucy hüpft ungeduldig hin und her. „Sagst du Bescheid, wenn das Baby da ist, und dürfen wir dann auch gucken kommen?“

Was soll ich dazu schon sagen? Um mein Image als Super-Hero zu retten, muss ich jetzt wohl nicken. „Klar. Ich informiere euch.“

Na also. Die Mädchen ziehen zufrieden ab und ich kann endlich zu den Jungs gehen.

„Hugolinski! Du alter Aufreißer! Nur noch Weiber um dich herum!“, schreit Bully. „Was hast du bloß, was wir anderen nicht haben?“

„Einen Riesenknall“, meint Jonas M., aber ich sehe ihm an, dass auch er beeindruckt ist.

„Hi“, sage ich und blicke Nico an. „Gehst du nicht mehr ans Telefon und beantwortest keine SMS?“

„Nö“, sagt Nico und wendet sich einfach ab.

Mann, ist das eine beleidigte Leberwurst! Soll ich jetzt vor ihm kriechen, oder was?

Jonas M. und Jonas B., die offensichtlich eine Sensation wittern, stellen ihre Antennenlauscher auf. „Habt ihr was?“, fragt Jonas B. neugierig. „Habt ihr euch verkracht?“

Die zwei waren schon mit uns in der Grundschule und sie haben uns noch nie zerstritten gesehen. Das soll auch so bleiben, denn die neugierigen Nasen geht es gar nichts an. „Wie kommst du denn darauf?“, sage ich. „Nico und ich üben nur für eine neue Theaterrolle.“

Nico dreht sich wieder zu mir um und nickt. „Genau.“

Ich bin erleichtert, dass er mir zumindest hier in der Gruppe nicht in den Rücken fällt.

„Was wollten die ganzen Weiber von dir?“, fragt Bully. „Erst die aus der Acht und unsere Schnecken auch noch. Das ist nicht normal!“

Jan zwinkert mir zu. „Das ist bestimmt wegen des Babys, oder? Mädchen fahren darauf ab.“

Ich erzähle die Kurzversion, dass die mich alle danach gefragt haben, und Bully erklärt, dass er seine Mutter sofort dazu überreden wird, sich auch so ein Baby anzuschaffen, damit er mehr Aufmerksamkeit von den Mäusen bekommt. Auf meinen Einwand hin, dass es aber peinlich sei, eine schwangere Mutter zu haben, meint er, das sei ja wohl egal. Selbst als ich mit dem Argument komme, wie sich das eigene Leben danach verändern wird, bleibt Bully bei seiner Meinung, dass es sich wegen der Aufmerksamkeit der Mädchen lohne.

Während die Jungs weiter darüber debattieren, ziehe ich Nico am Ärmel. „Können wir mal reden? Unter vier Augen?“ Es ist wirklich Zeit, dass wir uns wieder vertragen. Schließlich sind wir beste Freunde.

Er ist bockig. Ich merke es, weil er ziemlich lange zögert. „Nicht in der Schule. Morgen?“

„Morgen kann ich nicht. Da ist der Umzug meiner Großeltern und ich muss wieder mithelfen. Geht das nicht jetzt?“

Mein bester Freund scheint zu überlegen und

prompt gongt es zur ersten Stunde. Irgendwie habe ich das Gefühl, dass er mich extra zappeln lässt.

„In der großen Pause?", frage ich, aber Nico schüttelt den Kopf. „Zu viel Trubel. Heute nach der Schule?"

„Alles klar."

Wo ist der Schlüssel?

Nach dem Unterricht wartet Nico vor dem Klassenraum auf mich. „Wohin sollen wir gehen? Es regnet draußen“, sagt er. „Wir brauchen eine ruhige Umgebung. Ich will keine Einmischung von außen, wenn du dich endlich bei mir entschuldigst.“

Meine Güte, macht er es offiziell! Ich schlage den Keller vor, wo die Theater-AG die Requisiten aufbewahrt, und überlege, ob ich Mama anrufen soll, weil ich eine halbe Stunde später nach Hause komme. Dann verwerfe ich aber den Gedanken. Vor lauter Baby-Vorbereitungstrubel fällt ihr sicher gar nicht auf, dass ich mich ein wenig verspäte.

Im Kellergang riecht es muffig. Normalerweise dürfen sich Schüler hier nur mit besonderer Genehmigung aufhalten, und wer ohne diese erwischt wird, bekommt einen Tadel. Da Nico und ich aber in der Theater-AG sind, haben wir schon oft aus dem Abstellraum Kulissenteile geholt und sie wieder heruntergebracht. Wir kennen uns hier aus.

„Ist der Theaterkeller nicht verschlossen?“, fragt Nico, und ich grinse. „Schon, aber bei der letzten Aufführung hat Herr Kleinert mir einen Schlüssel gegeben, den ich noch nicht zurückgebracht habe.“

Ich schließe die Tür auf und schon befinden wir uns inmitten von Pappmaschee-Bäumen, Schloss-Außenwänden, Brunnen und anderen Kulissenteilen. Auf einem langen Kleiderständer an der rechten Seite hängen verschiedene Kostüme, die ordentlich in Folien eingepackt sind.

„Geil!“ Nico wirft sich auf einen rosafarbenen Ohrensessel, während ich auf dem Königsthron Platz nehme.

„Schieß los!“, sagt mein Kumpel und sieht mich an. „Ich habe deine SMS gelesen. Das reicht mir nicht als Entschuldigung. Du musst dir mehr Mühe geben.“

Ach, muss ich das? Wenn mich jemand unter Druck setzen will, reagiere ich ziemlich allergisch, und gerade tut Nico genau das.

„Warum?“, frage ich herausfordernd.

„Überleg selbst“, gibt Nico zurück. „Du hast total übertrieben reagiert und dich wie ein Idiot verhalten. Die Sachen, die du mir vorgeworfen hast, stimmen alle gar nicht und du müsstest es wissen. Du bist mein bester Freund. Also reicht da keine SMS, damit ich dir verzeihe."

„Okay." Ich seufze und fange mit einer ausführlichen Entschuldigung an, in der ich erkläre, dass ich der Meinung war, Nico hätte meine Zeichen verstanden und mir bewusst Viola vor der Nase weggeschnappt.

„Du bist doof, Hugo", sagt er. „Als wenn ich so etwas tun würde! Freunde nehmen sich nicht Sachen gegenseitig weg, sondern helfen sich. Ich bin doch nur deinetwegen zu diesem blöden Kurs gefahren. Du hast echt 'nen Vogel. Anstatt dich bei mir zu bedanken, machst du komische Zeichen, die ich falsch deute, und dann bist du nur noch sauer auf mich. Das war echt bescheuert von dir! Ich bin kein Hellseher. Woher sollte ich wissen, dass dein Schwarm dort auftaucht und du mich nicht mehr brauchst? Außerdem hast du noch vor Kurzem behauptet, Mädchen würden dich nicht interessieren. Ich wollte dir die ganze Zeit nur helfen!"

Nico scheint sehr aufgeregt zu sein, denn so einen langen Monolog hat er schon lange nicht gesprochen.

„Ja, das stimmt, aber …", will ich einwenden, doch er lässt mich noch nicht zu Wort kommen.

„Als du so komisch mit den Augen gezwinkert hast, da habe ich gedacht, dass ich dir Viola bei der

Partnerarbeit abnehmen soll, weil du keinen Bock auf sie hast. Sonst nichts. Sie ist nämlich gar nicht mein Fall. Ich mag Linda viel lieber!"

Jetzt ist es raus. Nico schweigt und erwartet wohl eine Antwort von mir. Ja, ich sehe es ein, dass ich seine Hilfe nicht richtig gewürdigt und ihm Sachen unterstellt habe, die falsch waren. „Du hast recht. Ich bin ein Blödmann. Entschuldigung", sage ich. Dann schiebe ich einen Reim hinterher:

„Lass uns weiter Freunde sein,
sich zu streiten, ist nicht fein.
Hugo tut es leid,
jetzt weißt du Bescheid."

Nico schüttelt den Kopf. „Ein echter Dichter hätte es besser gesagt."

„Aha. Ich bin aber kein echter Dichter."

Jetzt schweigen wir beide.

Erwartet er noch irgendetwas?

Es ist komisch und total ungewohnt, sich mit Nico zu streiten. So kennen wir uns gar nicht.

„Also, Blumen oder Geschenke zur Versöhnung gibt es nicht. Sooo schlimm war es nun auch wieder nicht und ich habe mich jetzt mehrfach entschuldigt", sage ich und bin auf einmal irgendwie bockig.

Was soll ich machen? Einen Kniefall? Das fehlte noch.

Ich lehne mich zurück und sehe Nico an. „Hast du gehört? Es tut mir leid!"

Sich zu entschuldigen, ist gar nicht so einfach.

„Ja, ist schon gut", sagt Nico leise, und mir fällt ein Stein vom Herzen. Ich muss ihm doch noch unbedingt von meinen Sorgen erzählen.

„Weißt du, was noch alles passiert ist ...", fange ich an, aber plötzlich sind von Weitem Schritte zu hören. Die Tür ist wohl nicht richtig verschlossen.

Nico sieht mich an. „Wir haben keinen offiziellen Grund, hier zu sein. Die Theater-AG hat bis Januar Spielpause. Wenn man uns erwischt, dann kriegen wir einen Tadel. Mach schnell das Licht aus!"

Ich habe den gleichen Gedanken. Wenn herauskommt, dass ich den Schlüssel nicht zurückgegeben habe, könnte es noch mehr Ärger geben, daher sprinte ich zum Lichtschalter und drücke rasch darauf. Dann hechten Nico und ich hinter den Kleiderständer und verstecken uns zwischen den Kostümen, auch wenn wir kaum noch etwas erkennen können.

Die Schritte kommen immer näher. „Wieso ist die Tür hier nicht zu?", hören wir die Stimme des Hausmeisters. „Hallo? Ist hier jemand?" Er macht kurz das Licht an, aber wir sind gut versteckt, also kann er uns auf Anhieb nicht sehen.

„Wer hat das schon wieder vergessen? Diese Lehrer! Um alles muss man sich selbst kümmern", murmelt er vor sich hin und schaltet die Lampen aus. Dann hören wir, wie die Tür zugeht und ein zweifaches Klicken folgt.

Nicos panikerfüllte Stimme flüstert: „Hat er uns jetzt etwa hier eingeschlossen? Du hast aber noch den Schlüssel, oder?"

Ich nicke, obwohl er das in der Dunkelheit nicht sehen kann. „Reg dich ab, natürlich habe ich ihn noch."

Ich taste meine Taschen ab und merke, dass er nirgendwo zu finden ist. Jetzt spüre ich ein komisches

Gefühl im Bauch. „Lass uns erst einmal wieder das Licht einschalten!“

Ich hole mein Handy aus der Hosentasche, drücke auf das Display und benutze es als Taschenlampe, die mich zum Lichtschalter führt. Wieder einmal der Beweis, dass Handys in der Schule nicht verboten sein dürften.

„Scheibenkleisterkacke! Die Tür ist zu.“

„Aber du hast doch den Schlüssel!“, wiederholt Nico.

Ich werde leicht unsicher. „Eigentlich ja, aber ehrlich gesagt, jetzt gerade finde ich ihn nicht.“

„Was?!“ Nico klingt wieder panisch. „Wo ist er denn?“

Ich sehe mich um. „Keine Ahnung. Vielleicht habe ich ihn in der Tür stecken lassen.“

„Doch wohl nicht von außen?“

Ich antworte nicht, befürchte aber genau das. Ich gehe unsere Schritte im Geiste noch einmal durch: Ich schloss auf, schaltete das Licht an, wir traten ein.

Was habe ich mit dem Schlüssel gemacht?

Habe ich ihn aus dem Türschloss gezogen oder drin gelassen? Ich kann mich nicht erinnern!

Scheibenkleisterkacke!

„Hilf mir beim Suchen!"

Nico und ich durchkämmen alle meine Taschen und leeren meinen Schulrucksack. Einen Schlüssel finden wir nicht, dafür aber den verloren geglaubten Zirkel, einen alten Elternbrief und ein kleines Päckchen Gummibärchen.

„Also, wenn der Schlüssel in der Tür steckte, dann hat der Hausmeister ihn mitgenommen", sagt Nico. „Dann sind wir jetzt in Schwierigkeiten. In sehr großen Schwierigkeiten!"

Ich nicke. „Und wer ist schuld? Du. Weil du unbedingt mit mir ungestört reden wolltest. Hätten wir das schon heute Morgen oder während der Pausen geklärt, dann säßen wir jetzt nicht hier."

„Und wenn du dich bei dem Workshop vernünftig verhalten oder dich wenigstens gestern anständig entschuldigt hättest, dann wäre dieses Gespräch gar nicht erst nötig gewesen", gibt mein Kumpel zurück.

Da ist etwas Wahres dran, das gebe ich zu, deshalb nicke ich. „Ja, sorry, stimmt. Dumm gelaufen. Ich werde in Zukunft nur noch in ganzen Sätzen sprechen und die Zeichen weglassen, wenn du sie nicht deuten kannst."

„Und meine Freundschaftsdienste immer zu würdigen wissen", ergänzt Nico, und ich nicke schon wieder. Mein Nacken tut schon vom Nicken weh.

„Aber jetzt brauchen wir einen Ausweg aus diesem Keller!“ Seine Stimme klingt wieder leicht panisch. „Und zwar ohne Tadel oder sogar Schulverweis. Lass uns Bully oder Linda anrufen! Die könnten mit dem Hausmeister sprechen und ihn vielleicht überreden, uns nicht zu verpetzen. Ich will keinen Ärger haben!“

Sehr gern, nur Handys haben hier unten keinen Empfang, wie ich vorhin schon bemerkt habe. Als ich es Nico erkläre, wird seine Panik noch größer. „Aber dann findet uns keiner! Niemand weiß, dass wir hier sind! Wenn sie nach uns suchen, dann kommt doch niemand auf die Idee, im Schulkeller nachzusehen! Wir werden verhungern und verdursten! Erst bei der nächsten Theateraufführung werden sie uns entdecken! Als Skelette! Ich will zu meiner Mama! Ich will nicht sterben! Lasst mich hier raus!“

Er donnert gegen die Tür, und ich versuche, ihn zu beruhigen, obwohl ich selbst ziemlich verunsichert bin. „Quatsch! Wir müssen uns nur bemerkbar machen, dann kommt der Hausmeister und holt uns heraus. Ob mit oder ohne Tadel ist doch egal. Du hast gesehen, dass er hier seine Runden dreht.“

„Aber da draußen ist niemand! Der Hausmeister ist jetzt bestimmt schon zu Hause! Nachmittags hat er Feierabend!“, ruft Nico. „Es ist Freitag und das Wochenende steht vor der Tür. Wir haben nichts zu essen! Ich habe noch etwa zwei Schlucke Wasser, das ist alles!“

Mein Gehirn arbeitet auf Hochtouren. Ein Notfallplan muss her, aber sofort.

Hugo, du Genie, streng dich an!

„Ich habe noch eine halbe Flasche Wasser und ein Päckchen Gummibärchen. Damit überleben wir auf jeden Fall ein paar Tage“, erkläre ich und bemühe mich um eine feste Stimme. „Wir haben Licht, das ist auch gut. Wir machen einfach viel Krach und dann werden wir gefunden, wirst schon sehen!“

Ich hoffe selbst, dass meine Worte wirklich zutreffen, denn sicher bin ich mir überhaupt nicht. Als wir wegen der Theater-AG hier unten waren, habe ich den Hausmeister nie gesehen. Möglicherweise war es purer Zufall, dass er sich vorhin hierher verirrt hat, oder es war seine halbjährliche Runde …

„Vielleicht habe *ich* Handyempfang?“, sagt mein bester Freund hoffnungsvoll und schaut direkt nach. „Kein Dienst. So eine riesengroße Kakerlakenscheiße!“, schreit er. „Und kalt ist es hier auch noch! Wir werden in der Nacht erfrieren!“

Mir ist ebenfalls mulmig zumute, aber ich merke, dass Nico richtig panisch wird. Papa sagt immer, in einer Notlage nützt es nichts, wenn alle durchdrehen. Einer muss den Überblick behalten und den anderen

Sicherheit und Zuversicht geben. Das bezieht sich zwar auf Fußball und seine Schalker, wenn sie in Rückstand geraten, aber ich denke, hier trifft es auch zu. Ich als der Hugo-Boss werde derjenige sein, der Sicherheit und Zuversicht ausstrahlt!

„Falls wir sterben sollten, dann sind wir wenigstens zusammen", sage ich aufmunternd. „Das ist doch gut, oder?"

Nico erstarrt. „Was?! Wie meinst du das?! Ich will nicht sterben! Außerdem will ich, dass meine Mama bei mir ist und nicht du!"

Schön.

Also genüge ich ihm wohl nicht. Ich bin ein wenig beleidigt, sehe aber, dass mein Kumpel langsam hysterisch wird. Okay, der Satz mit dem Sterben war vielleicht nicht so glücklich ausgedrückt.

Mir kommt eine Idee. „Lass uns kräftig gegen die Tür donnern! Manche Klassen haben doch noch Nachmittagsunterricht. Vielleicht hört uns jemand und holt Hilfe", sage ich.

Nico findet, dass es eine sehr gute Idee ist, und wir klopfen und rufen minutenlang, so laut wir können, aber es tut sich leider nichts.

„Wir müssen doch zu hören sein! Ich verstehe das nicht", meint Nico, als wir uns kurz ausruhen. „Warum sieht niemand nach?"

Ich massiere meine Fingerknöchel, die langsam blau werden. „Wenn wir im Klassenraum säßen und von irgendwoher ein Hämmern hören würden – kämen wir auf die Idee nachzuschauen, woher es kommt?"

Mein Kumpel beißt sich auf die Lippen. „Eher nicht. Die Mädchen würden über die blöden Bauarbeiten meckern, Casper hätte eine Alien-Theorie, und wir Jungs wären froh über den Lärm, weil er vom Unterricht ablenkt."

Ich nicke. „Genau so ist es. Aber ich schwöre dir: Wenn wir hier heil herauskommen, dann werde ich zukünftig jedem Klopfen nachgehen. Es könnte ein Hilferuf sein!"

Nico sieht wieder angsterfüllt aus. „Warum sagst du ‚*Wenn* wir hier heil herauskommen'? Glaubst du nicht mehr daran? Meine Eltern arbeiten noch, aber deine Mutter hat dich garantiert schon als vermisst gemeldet. Bestimmt sucht man nach dir! Vielleicht schauen die doch in der Schule nach?"

Jetzt ist Nico zuversichtlicher als ich. Meine Mama ist so mit den Vorbereitungen auf die Geburt und dem Umzug der Großeltern beschäftigt, dass ich nicht sicher bin, wann es ihr das erste Mal auffällt, dass ich längst zu Hause sein müsste. Und dann werden meine Eltern zuerst den Heimweg abfahren und vielleicht ein paar Freunde anrufen. Selbst wenn jemand in der Schule nachschaut – unser Klassenzimmer liegt oben. Kein Mensch wird darauf kommen, dass wir im Keller sitzen.

Ich will es Nico sagen, aber dann würde sich seine Hoffnung wieder in Panik verwandeln und das nützt uns beiden nichts. Also nicke ich. „Kann schon sein. Trotzdem schlage ich vor, dass wir unsere Kräfte sparen und uns darauf einrichten, hier einige Zeit zu verbringen. Die größte Wahrscheinlichkeit, gefunden zu werden, ist während des normalen Schulbetriebs. Dann sind nämlich alle da."

Nicos Augen füllen sich mit Tränen. „Aber das ist erst am Montag!"

Ich könnte direkt mitheulen, beherrsche mich aber mühsam. „Nein, Nico. Bestimmt sucht man uns schon. Die kommen sicher auch in die Schule, und sobald wir Stimmen hören, machen wir wieder großen Krach. Lass uns die Zeit bis dahin irgendwie schnell herumkriegen! Wie wäre es mit ein paar Spielen?"

Nico setzt sich wieder in den Ohrensessel und erklärt, dass er keine Lust hat. Mir kommt der Gedanke, dass ich unsere Handys in jedem Winkel des Theaterkellers checken sollte. Vielleicht ist irgendwo wenigstens *ein* Balken zu sehen? Neue Hoffnung keimt auf, und ich schnappe mir beide Geräte und fange an, Zentimeter für Zentimeter abzugehen und den Empfangstest zu machen.

Aber unsere Schule, wie könnte es anders sein, ist aus handyunfreundlichem Material gebaut und lässt keinen Empfang zu.

Nico schaut abwechselnd zu mir und dann wieder auf seine Uhr. Nachdem er das gefühlte hundert Mal gemacht hat, geht es mir auf die Nerven. „Warum schaust du ständig zur Uhr? Verpasst du den Bus, oder was?"

„Haha, sehr witzig", sagt Nico. „Ich versuche, mir irgendwie die Zeit zu vertreiben."

„Indem du den Sekundenzeiger beobachtest?" Ich hoffe, dass Nico nicht kurz vor dem Durchdrehen ist. Normal klingt es jedenfalls nicht. „Ich habe doch vorgeschlagen, dass wir ein Spiel machen. Wie wäre es mit …“

„Keinen Bock.“

Ich verdrehe die Augen. „Okay, aber willst du die ganze Zeit nur herumsitzen?“

„Wir könnten schon mal unsere Hausaufgaben machen und Vokabeln lernen“, sagt Nico.

Jetzt bin ich über seinen Geisteszustand wirklich beunruhigt. Wir sitzen eingesperrt in einem Keller und wissen nicht, ob wir jemals gerettet werden, und der brave Nico Kolping will die Hausaufgaben machen und Vokabeln lernen!

„Du meinst, es ist für unseren Ruf besser, wenn man unsere Leichen mit gemachten Hausaufgaben findet?“, frage ich. „Dann kann niemand behaupten, dass wir faul oder schlechte Schüler gewesen sind.“

Beim Wort „Leichen“ wird Nico wieder hysterisch und fängt laut zu atmen an. „Ich kriege hier in diesem blöden Keller keine Luft!“, schnauft er.

„Du hörst dich an wie die Schwangeren in Mamas komischem Kurs“, sage ich. „Beruhige dich wieder! Das war ein Scherz von mir. Wenn es dich ablenkt, dann machen wir halt die doofen Hausaufgaben und lernen die Vokabeln. Meinetwegen können wir uns sogar gegenseitig abfragen.“

Nico, dem die Panik noch immer anzusehen ist, nickt. „Ja, ich glaube, das wäre ganz gut.“

Ich würde zwar viel lieber über Geschwister-Kriege reden, glaube aber, dass mein Kumpel nicht in der Lage ist, mir einen guten Rat zu geben. Das Thema Viola kann ich mir auch abschminken, denn sie ist im übertragenen Sinne mit daran schuld, dass wir jetzt hier sind. Also mache ich mich seufzend an die Hausaufgaben.

Der einzige Tisch ist der aus dem Zwergenhaus von Schneewittchen und ungefähr dreißig Zentimeter hoch. Ich schiebe ihn in die Mitte, wische mit meinem Ärmel den Staub weg und hole unsere Rucksäcke. Weil uns der Schneewittchen-Tisch nur bis zu den Schienbeinen reicht, müssen wir uns davorknien, um daran arbeiten zu können.

Die nächste Stunde sind wir tatsächlich mit Schularbeiten und Vokabeln beschäftigt, und ich bin dankbar, dass uns niemand in dieser Situation beobachtet. Streberhafter kann man wohl nicht sein!

Als wir fertig sind und uns gegenseitig abfragen, schlägt Nico vor, dass wir aus Zeitvertreib auch die anderen Englischvokabeln durchgehen. „Es beruhigt mich irgendwie, und ich muss nicht ständig darüber nachdenken, was mit uns passiert“, erklärt er.

Weil er mein bester Freund ist, füge ich mich, und so haben wir zwei weitere Stunden später nicht nur alles in Englisch wiederholt, sondern auch noch für Biologie, Geschichte, Mathe und Erdkunde gelernt. Wenn ich in diesem Keller sterben sollte, dann als absoluter Musterschüler!

„Jetzt brauchen wir erst einmal eine Pause!“, sage ich. „Ich muss wirklich in Ruhe mit dir reden.“

„Über Viola?“ Nico trifft mal wieder ins Schwarze, aber so weit bin ich noch nicht.

„Auch. Aber zuerst geht es noch immer um den Schreihals und mein Leben danach.“

Nico macht es sich im Ohrensessel gemütlich und ich steuere meinen Königsthron an. „Puh! Genau der richtige Platz für den Chef.“

Ich versuche einen Schneidersitz darauf und fühle plötzlich einen festen Gegenstand in der Rille zwischen Sitz und Lehne. „Was ist …“, fange ich an, und

dann sehe ich ihn: „Der Schlüssel! Nico! Wir sind gerettet! Ich habe den Schlüssel gefunden!“, schreie ich und springe so rasch hoch, dass der Thron fast umkippt.

Nico kann nicht glauben, was er in meiner Hand sieht, denn er reibt sich die Augen. „Es ist wahrscheinlich nur ein schöner Traum“, sagt er.

„Nein! Du bist nicht eingeschlafen! Es ist der Kellerschlüssel! Hol unsere Klamotten und dann nichts wie weg hier!“, rufe ich und kneife ihn in den Arm.

Endlich kapiert er und lässt es sich nicht zweimal

sagen. Nico schnappt sich unsere Rucksäcke und Jacken, während ich den Schlüssel ins Türschloss stecke.

Gott sei Dank, er passt und lässt sich drehen!

Die Tür geht quietschend auf und Nico springt mir fast um den Hals. „Ich könnte dich jetzt knutschen, Hugo!“, ruft er. „Es ist alles vergeben und vergessen! Und du bist der beste Dichter aller Zeiten!“

„Küssen kannst du besser dein Zuckerschnäuzchen Linda“, sage ich grinsend.

„Und du dein Knuspermäuschen Viola!“, gibt Nico zurück.

Ja, erst heulen und jetzt wieder den großen Sprücheklopfer markieren!

Ich will erst protestieren, lache dann aber nur. „Ach, halt doch einfach deine Klappe, du Frauenversteher!“

Glücklich bin ich nämlich auch.

Wir sind gerettet!

Yeah!

Auf dem Spielplatz

Sobald wir uns aus dem Schulgebäude geschlichen haben, das zum Glück noch nicht verschlossen war, fangen unsere Handys wie verrückt an zu piepsen.

„Wo bist du?“

„Ich mache mir Sorgen!“

„Melde dich!“

„Hast du noch Unterricht?“

„Ruf sofort zu Hause an!“

Mama hat mir zwölf SMS geschrieben, die alle ungefähr den gleichen Inhalt haben. Hinzu kommen fünfzehn unbeantwortete Anrufe. Selbst Nico hat zwei Nachrichten von ihr bekommen. Seine Eltern und seine Schwester haben auch schon mehrmals versucht, ihn zu erreichen, und das, obwohl sie noch arbeiten und Maria-Victoria bei den Großeltern ist. Irgendwie finde ich es beruhigend, dass meiner Mutter mein Fehlen doch aufgefallen ist und sie sich Sorgen um mich gemacht hat, obwohl erst drei Stunden vergangen sind.

„Was sollen wir machen?“, fragt Nico. „Die Wahrheit sagen oder behaupten, wir hätten noch Unterricht gehabt? Eigentlich bin ich aber für die Wahrheit, denn wir haben schließlich nichts angestellt.“

Ich sehe es genauso, und wir rufen beide unsere Eltern an, um ihnen die frohe Botschaft zu verkünden, dass die verschollenen Kinder wieder aufgetaucht und wohlauf sind.

„Im Theaterkeller eingesperrt? Du Armer! Wir waren zwar in der Schule, aber auf die Idee, dort nachzuschauen, sind wir nicht gekommen!“, ruft Mama. „Und dir geht es wirklich gut und du kannst noch Fahrrad fahren?“

Ich versichere es ihr und mache mich direkt auf den Weg nach Hause. Meine Eltern warten vor der Tür auf mich, und ich sehe, wie erleichtert sie sind. „Ich habe mich so um dich gesorgt und wäre schon fast zur Polizei gegangen!“ Mama drückt mich an sich, was mit ihrem Bauch kaum noch richtig funktioniert.

„Hoffentlich hast du dich nicht zu doll aufgeregt“, antworte ich. „Das Ding da soll doch noch nicht raus.“

Sie versichert mir, dass alles okay ist und das Baby

erst in zwei Wochen kommt. Dann muss ich noch einmal alles ganz genau erzählen. Das tue ich auch, lasse aber den Grund für Nicos und meinen Streit weg und nenne es „zwischenmenschliche Beziehungen“. Ein super Wort, das ich in einer TV-Sendung gehört und direkt in meinem Hirn gespeichert habe.

Abends ist die Aufregung um mich fast schon vergessen, als Papa von der Rückrufaktion des Wiegenherstellers berichtet. „Eine Sprosse ist wohl nicht richtig verbaut und wir müssen die Wiege umtauschen.“ Er verspricht, sich direkt am nächsten Tag darum zu kümmern.

Anna, die uns ausnahmsweise beim Essen beehrt, betrachtet ihre frisch lackierten Nägel. „Dann seht

mal zu, dass ihr wirklich schnell eine neue Wiege bekommt, denn mein Bett gebe ich für das Baby nicht her. Ihr könnt ja Hugo fragen."

Ich weiß nicht, ob das ein Scherz sein soll oder nicht, winke aber vorsichtshalber auch ab. „In mein Bett passt nur einer hinein und das bin ich!"

Der Gedanke, der kleine Schreihals würde direkt in meinem Königreich wohnen, ist unerträglich. Wenn es denn überhaupt nur *ein* Baby ist. Mir fällt ein, dass ich vor lauter Angst und Aufregung mit Nico gar nicht über die Möglichkeit der Drillinge geredet habe. Aber diejenigen, die das wissen müssten, sitzen gerade vor mir. „Mama? Bist du dir sicher, dass du nur *ein* Baby bekommst, oder besteht die Möglichkeit, dass es auch zwei oder drei werden könnten?", frage ich daher geradeheraus.

Meine Schwester lässt ihre Gabel fallen und sieht mich an. „Wie kommst du denn darauf? Drei Babys?"

„Oder zwei", verbessere ich sie. „Mama und Papa sagen doch immer, dass sie sich überraschen lassen wollen. Meine Frage dazu: auch bei der Anzahl der Schreihälse?"

Anna und ich sehen unsere Eltern an. „Mama?", sagt meine Schwester, und es klingt drohend. „Du wirst mich doch nicht komplett blamieren und direkt mit zwei oder drei Kindern ankommen, oder?"

Mama lächelt. „Wäre das denn so schlimm?“

Ich springe vom Stuhl auf und Annas Mund bleibt weit offen stehen. „Heißt das etwa Ja?“

Papa beißt in sein Salamibrot. „Kinder, lasst euch doch nicht von eurer Mutter so furchtbar veräppeln. Es ist nur *ein* Baby, ich versichere es euch!“

Ich setze mich wieder hin, und wir schauen, ob Mama diese Aussage bestätigt. Als sie nickt, atmen meine Schwester und ich auf. „Und du bist dir sicher?“, hake ich noch einmal nach.

Unsere Mutter grinst. „*Ein* Baby ist schon Arbeit genug. Ich muss sagen, das reicht mir auch.“

Da ist es wieder, das böse A-Wort. „Ich arbeite auch schon genug“, sage ich. „In der Schule, im Schwimmklub und zu Hause. Die Babyarbeit gehört dir ganz allein, aber Anna hilft bestimmt gern.“

Meine Schwester funkelt mich böse an. „Nur wenn ich zwischendurch mal Zeit habe. Ihr wisst alle, dass ich in der Oberstufe bin.“

Papa sieht mich an. „Und was höre ich, Hugo? Du hast dich in dem Geschwisterkurs gut gemacht?“

„Woher weißt du das?“, frage ich baff.

Mama lächelt. „Ich habe mit unserer Hebamme telefoniert und sie hat es von der Workshopleiterin erfahren. Du warst der aufmerksamste Teilnehmer, den sie hatte. Das hat sie zu Christiane gesagt.“

„Dann hat es dir doch gefallen?“, fragt Papa.

Gefallen hat mir dort etwas anderes, denke ich, verrate es aber nicht. „Wenn ich etwas tue, dann richtig“, antworte ich daher ausweichend.

Ich bin Hugo, der Weise!

Am Samstag helfe ich, wie versprochen, beim Umzug und finde die neue Wohnung meiner Großeltern richtig kuschelig. Sie liegt fünf Minuten zu Fuß von unserem Haus entfernt, und eigentlich gefällt es mir ganz gut, Oma und Opa jetzt so nah zu wissen. „Dann kann ich öfter vorbeischauen, besonders wenn Mama und Papa mir auf den Wecker gehen“, sage ich.

Papa, der gerade eine Lampe anschließt, droht mir scherzhaft mit dem Finger. „Das habe ich jetzt überhört, Hugo. Aber du kannst dann mit dem Kinderwagen vorbeigehen.“

„Ach ja, bitte“, freut sich Oma. „Oder wir kommen

zu euch. Dann drehen wir schöne Runden mit dem Baby, und wenn er oder sie etwas größer ist, gehen wir zum Spielen in den Park."

Baby, Baby! Immer nur Baby!

Ich zähle wohl nicht mehr!

„Oder ihr geht mit mir in den Park", mische ich mich ein.

Die Erwachsenen sehen mich merkwürdig an. „Du willst in den Park? Was willst du dort? Du hast doch wohl nicht angefangen, heimlich zu rauchen, oder?", fragt Opa.

Rauchen?

Bin ich blöd?!

„Rauchen ist total out, Opa", sage ich. „Wusstest du nicht, dass man davon krank werden oder sterben kann? Man kann doch im Park andere Sachen machen. Was wollt ihr denn mit dem Baby dort? Ihr raucht schließlich auch nicht."

„Zum Beispiel auf einen Spielplatz gehen", erklärt Oma. „Das mögen kleine Kinder."

„Ich mag das auch", antworte ich. „Ich will auch auf den Spielplatz."

Meine Großeltern sehen sich wieder merkwürdig

an, dann zuckt Opa mit den Schultern. „Alles klar, gehen wir zusammen auf den Spielplatz."

„Nein, nicht zusammen", korrigiere ich ihn. „Ihr könnt mit mir allein hingehen."

Meine Schwester lacht. „Hugo! Lass sie doch mit dem Baby hingehen. Mach dich nicht lächerlich!"

Papa mischt sich ein. „Hugo, was für eine absurde Idee. Du musst nun wirklich nicht mehr mit Oma und Opa auf einen Spielplatz gehen."

Wie bitte?

Warum denn nicht?

Meine Großeltern gehören doch nicht nur dem Baby allein!

„Oh doch! Ich will auch auf den Spielplatz!", rufe ich beleidigt. „Ich will unbedingt dorthin! Immer nur dreht sich alles um das Ding in Mamas Bauch! Ich bin auch noch da und ich will auf den Spielplatz gehen! Allein mit Oma und Opa!" Den letzten Satz schreie ich fast.

Papa und Opa sehen sich ganz merkwürdig an.

„Dann gehen wir morgen dahin", sagt Opa. „Wir sind ja gut fertig geworden mit der Arbeit."

Morgen?

An meinem freien Sonntag?

Da wollte ich doch eigentlich das neue Computerspiel ausprobieren …

Oma und Mama, die das Geschirr abtrocknen, nicken. „Klar. Macht das", sagt Mama.

„Wenn du es so gern möchtest, Hugo", ergänzt Oma. „Hol uns nachmittags ab, dann gehen wir in den Park und auf den Spielplatz."

Anna schmeißt sich vor Lachen weg. „Wie alt bist du? Fünf? Ich dachte, du wirst langsam vernünftig!"

Jetzt werde ich richtig trotzig. „Ich bin vernünftig! Aber ich darf ja wohl noch etwas mit meinen Großeltern unternehmen."

„Natürlich, mein Schatz", sagt Oma. „Jetzt, wo wir so nah beieinander wohnen, ist es sowieso kein Problem mehr. Wir freuen uns, mit dir in den Park zu gehen."

Scheibenkleisterkacke.

Ich merke, dass ich aus dieser Nummer nicht mehr herauskomme. Eigentlich wollte ich mit meinen Großeltern erst etwas allein unternehmen, wenn der Schreihals draußen ist, und nicht jetzt schon.

„Aber vielleicht seid ihr noch mit dem Auspacken der Kartons beschäftigt", sage ich. „Wir können es auch verschieben."

Oma schüttelt den Kopf. „Nein, ich glaube, wir werden schneller fertig, als wir gedacht haben. Außerdem tut uns eine Unterbrechung ganz gut. Es bleibt dabei!"

Um nicht unglaubwürdig zu wirken, muss ich es wohl morgen durchziehen. Ich nicke. „Alles klar, ich bin um drei Uhr da." Insgeheim hoffe ich, dass es regnen oder schneien wird und ich dann einen guten Grund zum Absagen habe.

Doch der Sonntag ist dummerweise sonnig und sogar mild und mir fällt keine gute Ausrede ein. Beim Mittagessen lacht Anna sich schlapp, dass ich gleich zum Spielplatz gehen werde, und das lässt mich wieder trotzig reagieren.

„Na und? Wer sagt denn, dass nur kleine Kinder dorthin gehen dürfen? Ich freue mich!", beteuere ich.

Mama und Papa wechseln einen Blick. „Okay, dann viel Spaß mit den Großeltern", sagt meine Mutter. „Aber spiel nicht im Sandkasten! Dafür ist es zu matschig."

Ich weiß nicht, ob sie mich auf den Arm nimmt, deshalb erwidere ich nichts darauf.

Oma und Opa warten schon auf mich. „Wenn es euch nicht gut geht oder ihr zu tun habt, dann können wir auch hierbleiben", biete ich an. So langsam kommt mir die Idee mit dem Spielplatz ziemlich dumm vor.

„Nein, wir gehen hin. Nur mit dir allein“, sagt Oma und hakt sich bei mir unter. „Du wolltest es doch so gern.“

Der Park ist nur ein paar Gehminuten entfernt und wir steuern tatsächlich einen großen Spielplatz an. Eine ganze Traube voller Kleinkinder hängt auf den Spielgeräten herum und die Mütter sitzen auf Bänken. Da es ziemlich kalt ist, sehen sie nicht gerade begeistert aus, und auch ich finde meine Idee immer blöder.

„Was willst du machen, Hugo?“, fragt Opa. „Schaukeln, klettern oder rutschen? Du wolltest doch unbedingt hierher.“

Will er sich über mich lustig machen? Keine Ahnung. Ich komme mir mittlerweile richtig bescheuert vor, will es aber nicht zugeben. Irgendetwas tun muss ich jetzt, denn sonst mache ich mich unglaubwürdig.

„Rutschen vielleicht“, sage ich daher.

Ich steuere die Rohrrutsche an und klettere mit einem etwa vierjährigen Mädchen um die Wette nach oben. „Du biss Ssweiter“, sagt die Kleine, sobald wir oben sind. „Iss bin Esste und habe gewonnen!“

Ich lasse sie heruntersausen und will dann hinterher, bleibe jedoch in dem blöden Rohr stecken.

„Wo bleibss du denn?“, ruft das Mädchen von unten. „Gib Gasss!“

„Mit wem sprichst du denn da, Annika?“ Die Stimme kommt mir bekannt vor.

Ich sehe hinunter und entdecke … Jan aus meiner Klasse. Er steht da und hält das Mädchen an der Hand. Jetzt fällt mir ein, dass er eine kleine Schwester hat.

So ein Mist aber auch!

„Hugo? Was machst du denn hier?“, fragt er und sieht mich erstaunt an. „Ist Nico auch da?“

Ich robbe aus der Rutsche heraus und richte mich auf. „Ich … nein … ich bin mit meinen Großeltern gekommen“, sage ich und höre selbst, wie doof das klingt. Ein Dreizehnjähriger, der mit Omi und Opi zum Rutschen geht.

Jan grinst auch von einem Ohr zum anderen. „Ist nicht wahr. Auf den Spielplatz?"

So wie er es sagt, merke ich, dass ich dabei bin, mich komplett lächerlich zu machen. Nicht auszudenken, wenn er das am Montag in der Schule erzählt! Die beiden Jonasse hätten sofort neuen Lästerstoff, aber auch alle anderen würden über mich lachen. Und wenn es sich bis zu Viola herumsprechen würde, wäre ich komplett erledigt. Ich muss mir eine Ausrede einfallen lassen!

Meine grauen Gehirnzellen arbeiten auf Hochtouren, um eine möglichst plausible Erklärung zu finden. Der Schreihals fällt mir ein. Das ist die einzig mögliche Begründung.

„Du weißt doch, dass ich bald ein Geschwisterchen bekomme", sage ich zu Jan. „Meine Großeltern sind hier in die Nähe gezogen und wir wollten den Spielplatz checken. Wegen der Sicherheitsbestimmungen und so."

„Sicherheitsbestimmungen?" Jan sieht mich erstaunt an. „Warum?"

„Man hört doch ständig von irgendwelchen Mängeln und Rückrufaktionen", erkläre ich, weil mir soeben wieder die Wiege eingefallen ist. „Ich will nicht, dass mein Bruder oder meine Schwester hier in Gefahr gerät. Aber bisher sieht alles ganz gut aus."

Jans Gesicht zeigt ehrliche Bewunderung. „Hugo, du musst dich unbedingt im zweiten Halbjahr für die Klassensprecherwahl zur Verfügung stellen", sagt er. „Du denkst immer an Sachen, die uns anderen nicht einfallen."

Ich bin eben meiner Zeit voraus, denke ich stolz. Jans Vorschlag werde ich mir durch den Kopf gehen lassen. Bisher haben wir das Feld den Frauen in unserer Klasse überlassen, aber vielleicht ist es wirklich überfällig, dass ein echter Chef die Geschäfte übernimmt. „Schauen wir mal", sage ich.

Dann fällt mir ein, dass es jetzt klüger wäre, die Biege zu machen. Sollte Jan nämlich mit Oma oder Opa ins Gespräch kommen, würde sich die Begründung, warum wir hier sind, möglicherweise anders anhören …

„Wenn Annika größer wird, sollte sie hier nicht mehr rutschen. Man kann darin stecken bleiben", gebe ich Jan noch einen Tipp und verabschiede mich dann rasch. Meinen erstaunten Großeltern erkläre ich, dass es mir einfach zu voll ist und wir diesen Ausflug demnächst wiederholen sollten.

In der neuen Wohnung kocht mir Oma gerade einen heißen Kakao mit Sahne, als zwei Dinge gleichzeitig passieren: Mein Handy klingelt und das Telefon meiner Großeltern ebenfalls.

„Das Baby kommt!" Eine atemlose Anna schreit es förmlich durch den Hörer. „Mama und Papa sind ins Krankenhaus gefahren. Du sollst bei Oma bleiben, ich komme auch gleich vorbei."

Dieselben Infos scheinen auch auf der anderen Leitung durchgegeben zu werden, denn ich höre nur „Wie lange hat sie schon Wehen?" und „Sag uns Bescheid, sobald es Neuigkeiten gibt!".

Zehn Minuten später ist Anna da und berichtet, dass es Mama am Nachmittag plötzlich nicht gut ging und sie ihnen dann gestand, den ganzen Vormittag schon mit leichten Schmerzen gekämpft zu haben.

„Aber wie konnte das passieren? Das Baby sollte doch erst in zwei Wochen kommen!", sage ich aufgeregt. „Und die Wiege ist auch nicht aufgebaut!"

Und genügend Eierkartons habe ich auch noch nicht gesammelt.

Als ich bei Edeka Kowalski danach gefragt habe, gab man mir sieben Stück. In den anderen Supermärkten war es genauso. Mit achtundzwanzig Eierkartons kann man wirklich keine einzige Wand schalldicht machen.

Oma erklärt mir, dass es nicht ungewöhnlich ist, zwei Wochen vor dem errechneten Termin Wehen zu bekommen. „Eure Mama hatte in letzter Zeit viel um die Ohren und vielleicht hat das die Geburt beschleunigt. Oder das Baby will einfach früher raus."

Das Letztere glaube ich schon eher, denn ich könnte wetten, dass es mich ärgern möchte.

„Und das mit der Wiege wird euer Papa schnell regeln", fügt Opa hinzu.

Ich habe trotzdem Angst, dass es nicht klappt. Am Ende kommt doch jemand auf die Idee, den kleinen Schreihals in mein Bett zu legen und mich auf eine Luftmatratze zu verbannen.

Ohrenstöpsel habe ich auch noch keine!

Ich rufe Nico an, der mir rät, ruhig und locker zu bleiben. „Take it easy, Hugo!"

Er hat gut reden.

Sein Leben bleibt, wie es war, während ich gar nicht weiß, was jetzt auf mich zukommt.

Die nächsten Stunden verbringen wir mit Warten. Anna spielt mit den Großeltern Karten, und ich starre aus dem Fenster und überlege mir, was ich tun kann, damit sich an meinem schönen Leben nichts ändert. Ich hoffe, dass ich einen Bruder bekomme, denn die Argumente mit den Jungsspielen haben mich überzeugt.

Trotzdem habe ich von niemandem richtige Tipps bekommen, wie ich so einem kleinen Ding aus dem Weg gehen kann, was ich beachten soll, um nichts teilen zu müssen, und wie ich es schaffe, dass man mir keine Babyaufgaben aufbrummt.

Meine Erkenntnisse aus dem Geschwister-Workshop beziehen sich nur auf Riesenpuppen, die mit einem echten Menschen nichts zu tun haben und die man einfach in die Ecke legen kann, wenn sie einen stören.

Ich bin noch gar nicht darauf vorbereitet, großer Bruder zu werden!

Am Abend klingelt wieder das Telefon. Oma schaltet den Lautsprecher ein. „Wir können dich gut hören, Frank-Jürgen. Erzähl alles genau!“

„Es ist ein Mädchen! Alles ist gut gegangen und beiden geht es bestens. Wenn ihr wollt, dann könnt ihr jetzt ins Krankenhaus kommen!“ Papas Stimme klingt so happy, dass ich schon wieder wütend werde.

„Geht es auch morgen? Ich bin ziemlich müde“, sage ich und gähne demonstrativ.

Ein Mädchen.

Auch das noch.

Nicht einmal das hat richtig funktioniert.

Oma schaut mich strafend an. „Wir kommen natürlich gleich“, ruft sie und legt den Hörer auf.

„Hugo, es reicht jetzt mit deinem Benehmen!“, schimpft sie mit mir. „Freust du dich denn kein bisschen? Du hast eine Schwester bekommen!“

„Ich habe schon eine Schwester“, erinnere ich sie und zeige auf Anna. „Noch eine von der Sorte halte ich nicht aus.“

Anna zeigt mir einen Vogel. „Und ich bin froh, dass es kein Junge geworden ist!“

Opa zieht die Augenbrauen hoch. „Jetzt ist es genug! Hugo, deine Eifersucht ist unbegründet und muss endlich aufhören. Alle lieben dich genauso wie vorher. Und eure Streitereien will ich nicht mehr hören! Weder vor uns noch vor dem Baby! Verstanden, ihr zwei?“

Er sieht richtig wütend aus. Anna, die sonst nicht auf den Mund gefallen ist, nickt stumm. „Entschuldige, Opa.“

Ich dagegen denke über seine Worte nach. Eifersüchtig? Ich? Nicht die Bohne! Warum sollte ich?

Das ist kompletter Unsinn! Ich weiß doch, dass mich alle trotzdem lieben!

Aber eine kleine, gehässige Stimme in meinem Kopf sagt: Du musst sie trotzdem von nun an alle teilen. Sie gehören nicht mehr nur Anna und dir allein. Jetzt seid ihr zu dritt und werdet es immer bleiben.

Gehorsam und doch widerwillig ziehe ich meine Jacke an und folge Anna und unseren Großeltern zum Auto. Auf der Fahrt zum Krankenhaus schweigen wir alle, und nur Oma fragt zwischendurch, ob wir eine Ahnung haben, wie die Kleine denn nun eigentlich heißen soll.

Haben wir nicht, denn das war bisher niemals ein Thema. „Vielleicht haben Mama und Papa längst einen Vornamen ausgesucht. Wahrscheinlich wollten sie ihn uns nicht verraten, damit wir ihn nicht schlechtmachen", mutmaße ich.

Ist ja auch nicht mein Ding.

Sollen sich die anderen den Kopf darüber zerbrechen.

Name gesucht

Im Krankenhaus angekommen, suchen wir die Neugeborenenstation in der vierten Etage auf. An der Zugangstür hängt ein großer Storch, und ich schaue mich um, ob vielleicht Viola oder ihre Mutter irgendwo zu sehen sind. Sind sie aber leider nicht, und ich nehme mir vor, Viola nachher eine SMS zu schreiben. Schließlich habe ich jetzt einen Grund dafür. Wenigstens für diese eine Sache ist meine neue Schwester gut.

Ein eigenartiger Geruch durchzieht den gelb angestrichenen Gang. „Es riecht nach Babys“, flüstert Oma, und jetzt verstehe ich, was Viola damit gemeint hat.

Wir betreten Mamas Zimmer und mir fällt als Erstes ihr blasses Gesicht auf. Sie sitzt im Bett und hält irgendetwas im Arm, das man nicht sofort erkennen kann, weil es in ein Handtuch gewickelt ist.

Papa strahlt uns an. „Da seid ihr!“

Mama lächelt. „Kinder! Darf ich euch eure Schwester vorstellen?“

Anna geht auf Mama zu und ich folge ihr schüchtern. Die Situation ist ziemlich merkwürdig. Meine große Schwester nimmt das eingewickelte Päckchen aus Mamas Armen hoch und sieht es entzückt an. Ich wage einen Blick über ihre Schulter und sehe nur ein rotes, leicht zerknittertes Gesicht – ungefähr so groß wie das der Puppe, die ich im Workshop im Arm gehalten habe. Über der Stirn hängen ein paar schwarze Haare. Die Augen sind geschlossen.

Das Ding schläft.

„Süß“, sagt meine Schwester und setzt sich mit dem zerknautschten Wesen an Mamas Bett.

„Rot“, sage ich und bleibe stehen.

Meine Großeltern treten ebenfalls näher und kriegen sich nicht mehr ein, wie niedlich und wunderschön die Kleine doch sei. Ich frage mich, wie sie darauf kommen, denn viel sehen kann man nun wirklich nicht.

„Habt ihr schon einen Namen?“, will Oma wissen, und Mama schüttelt den Kopf. „Wir wollen das zusammen mit den Kindern entscheiden. Er soll gemeinsam ausgesucht werden.“

Auch das noch.

Das ist mal wieder typisch.

Wir sollen einen Namen aussuchen, damit sich unsere Schwester später bei uns beschweren kann, wenn ihr dieser nicht gefällt. Meine Eltern sind da fein raus!

Anna rattert mehrere Vornamen herunter, während ich mich zurückhalte. Soll sie doch die Schuldige sein. Bei Bernadette, Anastasia und weiteren viersilbigen Vornamen schüttele ich aber den Kopf. „Mit Kotsbusch dahinter passen die doch in keine Namenspalte. Zu lang darf es nicht werden. Höchstens drei Silben."

Mama nickt. „Hugo hat recht. Anna, jetzt gib ihm eure Schwester auch mal."

„Nein!" Ich schrecke zurück. „Ich weiß nicht, wie das geht. Außerdem will ich sie nicht wecken."

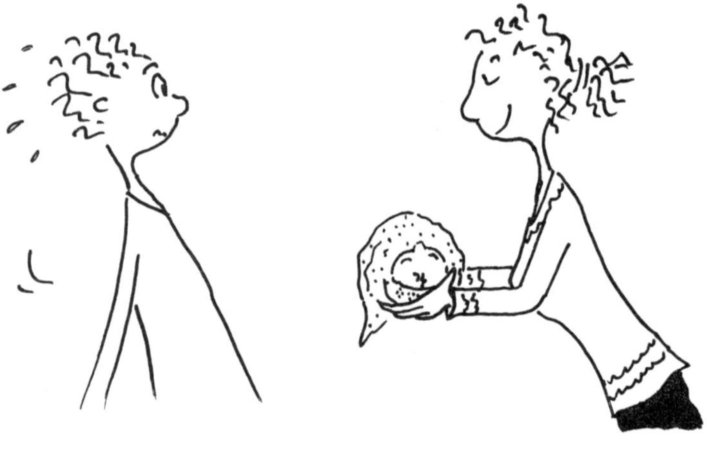

„Quatsch. Du hast das schließlich gelernt. Ich muss mal eben zur Toilette."

Bevor ich weiter protestieren kann, dreht sich Anna zu mir um und will mir das Bündel in die Hand drücken. „Du musst den Kopf abstützen. Vorsichtig!", ermahne ich sie. „Seht ihr? Anna hätte doch den Workshop mitmachen sollen, sie hat ja keine Ahnung!"

Ich nehme das Baby entgegen und denke daran, wie ich die Puppe getragen habe. Meine Schwester ist ein wenig schwerer, und ich setze mich mit ihr hin, während Papa ein paar Fotos schießt. Während ich die Kleine halte, schnauft sie einige Male und bewegt die Lippen. Ich hoffe, dass Mama schnell fertig ist, denn ich fühle mich unbehaglich und außerdem schläft mir bald der Arm ein. Anna, Papa, Oma und Opa debattieren weiter wegen der Vornamen.

„Seid mal etwas leiser, ihr macht sie noch wach und dann brauchen wir alle Ohrenstöpsel", erkläre ich. „Ihr könnt euch nicht vorstellen, wie laut so ein Baby werden kann. Wie das Martinshorn."

Mama kommt zurück, macht aber keine Anstalten, mir das Baby wieder abzunehmen, sondern holt sich einen Block und schreibt die Namensvorschläge auf. Der große Kracher ist noch nicht dabei.

Da fällt mir etwas ein. „Sie sollte eigentlich erst in

zwei Wochen geboren werden", sage ich. „Also kurz vor Weihnachten. Gibt es denn dazu keinen passenden Namen, der irgendwie diese Bedeutung hat?"

Die Idee finden alle toll. Nathalie und Noëlle werden in die engere Auswahl gezogen. Ich denke an die Abkürzungen, die sich die Mädchen in meiner Klasse derzeit geben, und überlege, ob ich Na oder No besser finde.

„Bevor sie Nölle statt Noëlle genannt wird, sollten wir uns für Nathalie entscheiden", sagt Anna, und ich nicke. Sie wird schon mit Kotsbusch zu kämpfen haben, da ist Nölle wirklich nicht angebracht. Nathalie finde ich auch besser. Vielleicht kann sie sich Nat oder Natty nennen, wenn sie das möchte.

„Nathalie klingt gut", sage ich.

In diesem Moment schlägt die Kleine die Augen auf und sieht mich an. Ich fühle mich irgendwie ertappt. Mir kommt es so vor, als wüsste sie genau, dass ich über ihre Ankunft nicht erfreut bin. Plötzlich bekomme ich ein richtig schlechtes Gewissen, keine Ahnung, warum. So schauen wir uns sekundenlang an und keiner dreht das Gesicht weg.

Sie ist eine echte Kotsbusch, das fühle ich. Willensstark, selbstbewusst und wahrscheinlich dickköpfig. Da kommt was auf mich zu!

„Nathalie ist wach", sage ich schließlich.

„Nathalie ist ein richtig toller Name", sagt Mama, die unbemerkt neben mich getreten ist. „Ihr habt ihn sehr gut ausgesucht, ich bin stolz auf euch."

Ich gebe ihr das Baby zurück. „Wenn ihr wieder zu Hause seid, würden einige meiner Schulkameradinnen gern vorbeikommen und die Kleine anschauen", sage ich zu Mama. „Wir sollten aber erst einige Tage warten. Ich will nicht, dass sie jemand mit Krankheiten ansteckt, oder so. Am besten mache ich jetzt ein Foto, dann kann ich das erst einmal zeigen. Und wenn uns Leute besuchen, sollten wir sie von Kopf bis Fuß desinfizieren."

Meine Mutter lächelt. „Gute Idee. Kommt denn auch eine gewisse Viola?"

Woher sie das schon wieder weiß, ist mir unbegreiflich!

Diese Mama!

Dabei dachte ich, dass sie sich derzeit nur für das Baby interessiert!

Ich hoffe, nicht rot zu werden, zucke mit den Schultern und versuche, cool zu bleiben. „Möglich. Aber das eine sage ich dir: Wir sollten von allen Eintritt verlangen und damit mein Taschengeld aufbessern."

Als wir eine Stunde später nach Hause fahren, hole ich als Erstes mein Handy heraus und schreibe eine

Gruppen-SMS an meine Klassenkameraden. „Baby Nathalie ist da. Zwei Wochen zu früh, aber gesund. Foto kann morgen in der Schule angeschaut werden."

Die gleiche SMS schicke ich anschließend an Viola. Hier allerdings füge ich hinzu: „Persönlicher Besuchstermin kann jederzeit ausgemacht werden."

Am nächsten Morgen steht die halbe Klasse am Schulhoftor. Genau genommen, sind es alle unsere Mädchen sowie Nico, Jan, Matthias, Dennis und

Bully. Viola ist leider nicht zu sehen, was mich ziemlich enttäuscht. Sie hat mir auf meine SMS nur ein einziges Wort als Antwort geschickt: Glückwunsch.

Heißt das, dass sie sich doch nicht für Nathalie interessiert und nicht vorbeikommen will? Ich muss das nachher unbedingt mit Nico besprechen.

„Hast du das Foto?"

„Nathalie ist ein schöner Name!"

„Wie groß ist sie?"

„Wie schwer?"

„Wann können wir sie sehen?"

„Ist sie süß?"

„Ganz bestimmt! Alle Babys sind das!"

„Zeig her!"

Die Girls reden durcheinander. Warum die so verrückt nach Babys sind, kapiere ich nicht. Es muss an den weiblichen Genen liegen. Die Jungen halten sich zurück, während mein Handy mit dem Foto von Nathalie von Hand zu Hand wandert und die Mädchen mir lautstark versichern, dass sie ein wunderschönes Baby sei. Ich beantworte geduldig alle Fragen und muss zugeben, dass es echt nicht schlecht ist, so im Mittelpunkt zu stehen.

Als alle Nathalie gebührend bewundert haben und ich ihnen versichert habe, dass sie uns bald besuchen dürfen, ziehen die Frauen entzückt ab.

Bully schüttelt den Kopf. „Wahnsinn, Hugolinski! Du kannst die Weiber jetzt alle haben. Dabei kann man auf deinem Handy nicht viel erkennen. Das Gesicht von dem Baby ist ganz schön schrumpelig."

Ich fühle mich persönlich angegriffen. „Es ist nicht schrumpelig! Pass auf, was du sagst! Dich nennen wir auch nicht Brillenschlange!"

Bully sieht mich erstaunt an. „Viel sehen kann man wirklich nicht. Außerdem dachte ich, dass du nicht begeistert über den Schreihals bist."

„Sie ist kein Schreihals! Nenn sie nicht so, wenn du mein Freund bleiben möchtest!"

Ich rege mich wirklich auf.

Was ich sagen kann, dürfen die anderen noch lange nicht.

Was bildet sich Bully eigentlich ein?

Er soll sich bloß nicht mit mir anlegen!

„Beleidigungen meiner Schwester lasse ich nicht zu, alles klar?", sage ich laut, und Bully nickt. „Schon gut, reg dich ab. Ich dachte nicht, dass du so empfindlich bist."

Die anderen Jungs werfen nur einen flüchtigen Blick auf das Handy, klopfen mir auf den Rücken und sprechen dann über den letzten Bundesligaspieltag.

Lediglich Nico sieht sich das Foto genauer an. „Jetzt hast du auch eine kleine Schwester. Glückwunsch, Alter. Freust du dich jetzt doch?“

„Keine Ahnung“, antworte ich wahrheitsgemäß. „Sie sieht cool aus.“

Ich muss das Handy ausschalten, denn auf dem Schulhof herrscht Telefonverbot. Insgeheim halte ich immer noch Ausschau nach Viola, aber sie ist nirgends zu sehen. Während wir zum Gebäude laufen, erzähle ich Nico leise davon. „Was soll ich jetzt machen?“, frage ich. „Du als Frauenversteher hast doch bestimmt einen Tipp für mich. Ich meine, ich würde sie gern zu uns einladen, aber ich will ihr nicht hinterherrennen. Die SMS muss genügen.“

Mein bester Freund genießt es offensichtlich, endlich einmal mein Ratgeber zu sein. „Vielleicht ist es ihr peinlich, mit dir in der Schule gesehen zu werden? Schließlich ist Viola älter als du.“

Ich bin ehrlich entrüstet. „Na und? Etwas mehr als ein Jahr, das ist doch gar nichts. Geistig bin ich schon viel reifer, das ist ja wohl bekannt. Wir leben in einer modernen Welt, da kann sich ein älteres Mädchen mit einem jüngeren Jungen verabreden!“

„Dich hat es ganz schön erwischt, was?“, grinst

Nico. „Seit dem Workshop bist du wieder voll in die …“

„Pst! Bist du wohl ruhig! No way!“, rufe ich. „Wir sind nur gute Freunde. Erzähl bloß den anderen nichts davon!“

Nico nickt, lässt es sich aber nicht nehmen, noch ein Gedicht nachzuschieben:

„Hugo Kotsbusch mit seinem Charme
sorgt bei den Frauen für Liebesalarm.
Doch nur Viola erobert sein Herz,
hoffentlich gibt es da keinen Schmerz!“

Ich bin entsetzt, dass Nico mir unterstellt, ich könnte in Viola verknallt sein, und lasse deshalb das Thema direkt fallen. Das Dumme ist nur, dass auch die Sache mit den guten Freunden nicht zu funktionieren scheint, denn Viola lässt sich den ganzen Tag nicht in unserer Nähe blicken.

Am nächsten Tag richte ich es so ein, dass ich ihr auf dem Schulhof über den Weg laufe.

„Hey, Hugo“, ruft sie tatsächlich, und ich bleibe direkt stehen. „Hast du das Foto dabei?“

Ich verstoße gegen alle Regeln und schalte mein Handy ein, doch das ist es mir wert. Gerade will ich ihr vorschlagen, uns bald zu besuchen, als Viola ihre Freundinnen zu sich winkt. „Wer will Baby gucken?“

Die Chance ist vorbei.

Wir werden augenblicklich von einer Mädchentraube umringt. Alle sind entzückt von der kleinen Nathalie und finden sie süß und niedlich und wunderschön und knuffig.

Fünf Tage später sind Mama und das Baby zu Hause. Die neue Wiege ist zum Glück aufgebaut und auf meinem Schreibtisch liegen griffbereit mehrere Ohrenstöpsel. Die Variante war dann doch einfacher, und die Eierkartons habe ich in die Schule gebracht, wo mich Herr van Gracht für den Einsatz sehr gelobt hat. Die Kammer, die wir dort als Tonstudio einrichten wollen, ist im Gegensatz zu meinem Zimmer winzig.

Nathalies Gesicht ist nicht mehr ganz so rot, und sie schaut sich neugierig um, wenn sie so in ihrer Wiege liegt. Sobald ich sie auf den Arm nehme, habe ich das Gefühl, dass sie mich kritisch beobachtet, deshalb lege ich sie schnell wieder zurück.

Zwei Wochen vergehen, und ich warte auf den großen Knall, der aber nicht kommt. Mama ist ein wenig müde und hat oft die Kleine auf dem Arm, aber sonst läuft alles so wie immer. Der Tagesablauf hat sich zu meinem Erstaunen überhaupt nicht verändert. Oma und Opa sind jetzt öfter bei uns, aber das finde ich schön. Manchmal gehen sie mit dem Kinderwagen spazieren und fragen jedes Mal, ob ich mit in den Park kommen möchte, was ich dankend und ganz freiwillig ablehne.

Einmal die Spielplatz-Erfahrung hat mir gereicht.

Die Ohrenstöpsel habe ich bisher nicht einsetzen müssen, denn Nathalie ist eigentlich ganz lieb. Das Martinshorn hat sie noch nicht angeworfen. Ich habe das Gefühl, dass sie nur schläft, trinkt, gewickelt wird und wieder schläft.

Verwandte kommen und gehen. Jeder bringt ein Geschenk mit und hat auch immer etwas für mich dabei, was natürlich sehr praktisch ist, denn meistens handelt es sich um einen kleinen Geldschein. Ein schöner Baby-Nebeneffekt, von dem ich gar nichts geahnt habe!

„Mein Leben hat sich noch gar nicht verändert“, sage ich verwundert zu Mama, als ich an diesem Freitag von der Schule nach Hause komme. „Ihr seid immer noch dieselben und ich muss nicht viel tun.“

Meine Mutter lacht. „Vielleicht bin ich etwas stärker von dir abgelenkt, aber wie ich dich kenne, ist dir das ganz recht.“

Das stimmt. Die Mama-Antennen sind jetzt mehr

in Richtung Nathalie gerichtet, was ganz entspannend ist.

„Hör mal, Hugo. Wenn du sie am Wochenende spazieren fahren möchtest, dann gib Bescheid“, sagt Mama zu mir, während sie das Mittagessen auf den Tisch stellt. „Du sollst dich nicht ausgeschlossen fühlen.“

Aha.

Das meint sie doch anders, oder?

Geht das doch schon los mit dem Arbeiten?

Ich bin empört.

„Nein, danke. Oma und Opa machen das bestimmt wieder sehr gern. Mich lass mal aus dem Spiel!“, meine ich. „Und ich sage dir sofort: Es ist okay, dass Nathalie da ist, aber ich werde kein Barbieprinz sein und auch kein Pferdchen. Und meine Wochenenden gehören mir!“

Mein Handy klingelt und ich gehe in mein Zimmer zurück. Unbekannter Teilnehmer.

Ich tue so, als ob sich meine Mailbox einschaltet. „Hallo, Hugo ist nicht da. Wenn Sie ihn sprechen möchten, dann drücken Sie die Null und legen auf.“

Nicos Spruch ist einfach zu geil, deshalb habe ich ihn mir mit seiner Genehmigung „ausgeliehen“.

„Hallo? Hugo?“

Diese Stimme kenne ich doch!

„Ha… Hallo. Ich bin doch da", stammele ich, während mein Gesicht ganz heiß wird.

Es ist Viola!

„Ich hoffe, dass ich nicht störe. Ich wollte nicht so schnell anrufen und mich aufdrängen, aber jetzt sind ein paar Wochen vergangen. Hast du am Wochenende etwas vor? Sonst könntest du mir jetzt endlich mal euer Baby zeigen. Ich bleibe auch nicht lange. Darf ich?", fragt Viola. „Nur wenn es euch recht ist."

Den Mädchen aus meiner Klasse habe ich zwar gesagt, dass sie noch ein wenig warten sollen, aber Viola hat natürlich Vorrang. „Klar", antworte ich und bemühe mich um einen lässigen Tonfall. „Wenn du willst, dann können wir auch noch etwas unternehmen."

Jetzt ist es raus.

Ich halte die Luft an.

„Warum nicht?", meint Viola, und ich mache heimlich das Victory-Zeichen. „Wir könnten mit dem Baby spazieren gehen …"

Ich verziehe mein Gesicht.

Mama wird sich freuen.

„Super Idee! Genau das wollte ich auch am Wochenende tun", sage ich.

„Klasse! Und danach", fährt sie fort, „vielleicht ins

Kino gehen, wenn du so viel Zeit hast? Da läuft so eine romantische Komödie …"

Ach du Scheibenkleisterkacke!

Wahrscheinlich schnulzig und schmalzig!

Auch das noch!

„Sicher! Total gern! Ich liebe Komödien!", lüge ich und merke selbst, wie übertrieben das klingt.

Viola kichert. „Dann bist du der erste Junge, den ich kenne, der das mag. Das ist super. Wann wollen wir uns treffen? Morgen oder am Sonntag?"

Ich bin völlig überfordert.

Bleib cool, Hugo.

Und bring sie zum Lachen.

„Wir fangen am Samstag an und schauen, was wir Sonntag machen", gebe ich zurück, und Viola lacht tatsächlich. „Du bist echt witzig. Ich komme dann so gegen halb drei? Ist das okay?"

Natürlich ist es okay.

Sie kommt morgen vorbei.

Cool bleiben, Hugo.

Lässig.

„Stell dich darauf ein, dass du von mir von Kopf bis Fuß desinfiziert wirst. Und deine Hände musst du dreimal waschen, bevor ich dich zum Baby lasse", sage ich, und sie lacht schon wieder.

Ich mag Frauen, die über meine Witze lachen.

Und ich weiß, wie ich sie dazu bringe.

Zumindest Viola und das ist am wichtigsten.

Nico ist der Frauenversteher.

Ich aber bin Hugo, der Viola-Versteher, und das reicht mir vollkommen.

Der Barbieprinz

Hilfe!

Ich kann mich nicht rühren!

Ich werde bedroht!

Die krabbelnden, gruseligen Monster kommen immer näher. Sie kriechen auf mich zu, strecken ihre Arme nach mir aus und geben dabei grässliche Laute von sich. Ich versuche, um Hilfe zu schreien, aber meine Stimme geht in dem schrecklichen Geheul unter.

Warum hört mich niemand?

Ich wache auf.

Schlagartig verschwindet die Angst. Alles ist in Ordnung. Es ist Samstagmorgen und heute kommt Viola vorbei. Ich will mich gerade wieder in mein Kissen einkuscheln, als mir auffällt, dass zwar mein komischer Traum zu Ende ist, aber das Gejaule noch nicht aufgehört hat. Jetzt höre ich es ganz deutlich:

Nein, es ist kein Gejaule.
Es ist Babygeschrei.
Nathalie!
Wo ist Mama?

Ich springe aus dem Bett und gehe zur Tür. Aus dem Badezimmer ist Wasserplätschern zu hören. Mama duscht offenbar. Papa ist geschäftlich übers Wochenende weggefahren und Anna schläft vermutlich noch.

Aber das Baby weint!

Es hört sich nicht wie ein Martinshorn an, geht mir aber trotzdem unter die Haut. Ich laufe ins Schlafzimmer und trete vorsichtig an die Wiege. Nathalies Gesicht ist ganz rot und sie brüllt nach Kräften.

Ohne groß nachzudenken, nehme ich sie vorsichtig hoch, ganz so, wie ich es gelernt habe. „Was ist denn los, du süßer Schreihals?“, sage ich leise. „Ist doch schon gut. Hugo ist da. Beruhige dich.“

Das Wunder passiert: Augenblicklich hört meine Schwester auf zu weinen. Sie sieht mich mit ihren dunklen Augen an, und ich könnte schwören, dass sie sogar kurz lächelt.

Ich spüre so ein komisches Gefühl im Bauch.

„Heute kommt Viola vorbei, um dich zu sehen. Dann gehen wir eine Runde mit dir spazieren, also musst du dich gut benehmen", erkläre ich ihr. „Weinen ist nicht, alles klar?"

Ich strecke ihr meine rechte Hand hin und Nathalie greift mit ihren Fingern nach meinem Daumen und hält sich daran fest. Jetzt ist sie vollkommen ruhig und sieht aus, als würde sie sich wohlfühlen.

„Ja, dein großer Bruder Hugo ist bei dir. Du musst mir nur versprechen, dass du nicht zickig wirst, dann passe ich immer auf dich auf", murmele ich und habe das Gefühl, dass sie mir ganz genau zuhört. Irgendwie ist es schön, dass mich meine kleine Schwester so festhält. Ich schaukele sie vorsichtig hin und her und es scheint ihr zu gefallen.

„Das eine sage ich dir: Ich bringe dir alles bei, was ein Kotsbusch-Genie so wissen muss. Wie du mit Idioten klarkommst, wie du die Lehrer austricksen kannst, welche Abschreib-Methoden es so gibt. Aufs Töpfchen setzen werde ich dich trotzdem nicht und übers Füttern müssen wir noch verhandeln. Wenn es Pommes und Schnitzelstückchen sind, die du mit mir teilst, dann können wir darüber reden. Möhrenbrei und anderes Gemüse mag ich aber nicht, das kannst du glatt vergessen."

Nathalie lässt mich nicht aus den Augen, und ich finde, dass sie wirklich das schönste Baby auf der ganzen Welt ist. Und klug noch dazu, das merkt man sofort. Kein Wunder, dass alle immer so entzückt von ihr sind.

Und sie ist meine Schwester.

Jawohl!

„Aber doofe Spiele wirst du mir hoffentlich nicht vorschlagen", erkläre ich, und da verzieht sie wieder kläglich ihr Gesicht, als hätte sie mich genau verstanden und wollte sich darüber beschweren.

„Okay, okay", beeile ich mich zu sagen. „Wenn du es nicht Bully und den Jonassen verrätst, dann bin ich sogar mal bereit, für dich den Barbieprinzen zu spielen. Oder ein Pferdchen. Aber das muss wirklich unter uns bleiben!"

Na also, jetzt sieht sie wieder ganz entspannt aus. Ich sage doch, dass meine kleine Schwester unglaublich klug ist.

„Und Nico muss es eigentlich auch nicht wissen. Du kannst dafür bei Viola ein gutes Wort für mich einlegen", flüstere ich. „Dass ihr der Altersunterschied nicht peinlich ist, okay?"

Lächelt Nathalie schon wieder?

Sieht ganz so aus.

Ja, die Frauen!

Die verstehen genau, worauf es ankommt!

Aber zum Glück kann ich da mithalten!

Ich bin Hugo, der beste Bruder im ganzen Universum!

Yeah!

© privat

Sabine Zett, geb. 1967, aufgewachsen in Westfalen, arbeitete nach Abitur und Tageszeitungsvolontariat mehrere Jahre als Journalistin in verschiedenen Redaktionen, bevor sie Theaterstücke, Hörspiele und Bücher für Kinder zu schreiben begann. Heute lebt sie auf zwei Planeten. Der erste heißt »Mama«, ist am Niederrhein angesiedelt und bringt täglich neue Lach- und Krachabenteuer mit sich. Der zweite trägt den Namen »Autorin« und ist das beste Gegenmittel, wenn es auf dem ersten zu haarsträubend wird.
www.sabine-zett.de

Ute Krause, 1960 in Berlin geboren, lebte in Asien, Afrika und Amerika, studierte an der Münchener Filmhochschule und schreibt und illustriert seit mehr als zwanzig Jahren Kinderbücher. Ihre Werke wurden weltweit übersetzt, fürs Fernsehen verfilmt und vielfach ausgezeichnet, u. a. von der niederländischen Kinderjury und der Stiftung Buchkunst, sowie für den Deutschen Jugendliteraturpreis nominiert.

© Tomasz Poslada

Hugo – einfach genial!

Band 1, ISBN 978-3-7855-7144-6

Hugo ist ein Genie, eine Sportskanone und der coolste Junge der Schule – zumindest in seinen Träumen ... Im wahren Leben ist er vom Ruhm noch meilenweit entfernt!

Er geht in die sechste Klasse, hängt am liebsten mit seinem verpeilten Kumpel Nico ab und plagt sich mit dem größten Problem, das man in seinem Alter nur haben kann: Wie werde ich über Nacht vom Durchschnittstypen zum Superhelden?

Band 2, ISBN 978-3-7855-7145-3

Hugos neuer Lehrer kommt ihm ziemlich spanisch vor! Herr Torres spricht so komisch Deutsch und sieht ganz und gar nicht wie ein typischer Geschichtslehrer aus – eher wie ein durchtrainierter Topagent ... Doch in welcher Mission ist er in Hugos Klasse unterwegs? Als wäre das nicht aufregend genug, bekommt Hugo auch noch eine Nachhilfelehrerin, die ihm nur allzu gut bekannt ist – und die muss er schleunigst wieder loswerden!

Das gibt es doch nicht! Mädchenalarm! Lucy und Linda lauern einen ganzen Nachmittag lang vor dem Haus von Hugos Freund Nico. In welchem Film sind die denn? Und warum finden auf einmal alle Mädchen Hugos Sprüche total witzig und Nicos Styling super? Als Lucy und Linda dann auch noch „als Clique" ins Kino gehen wollen, beschleicht Hugo ein schlimmer Verdacht: Die Mädels sind verknallt! Und er und Nico sind die Objekte ihrer Begierde!

Band 3, ISBN 978-3-7855-7146-0

Band 4, ISBN 978-3-7855-7413-3

„Hollywood ruft!", denkt sich Hugo Kotsbusch, als sein Deutschlehrer Nachwuchstalente für die Schulaufführung sucht. Vor allem, als er erfährt, dass sein Erzrivale James-Brian, Hobby-Model und selbst ernannter Werbestar, auch mit von der Partie ist. Soll er ihm etwa die beste Rolle überlassen? Auf keinen Fall! Hugo hat auch schon einen Plan ...

Loewe

Es ist so weit! Das spannendste Ereignis des Jahres steht an: die Klassenfahrt! Klar, dass Hugo sich unbedingt das Zimmer mit Nico teilen möchte und die beiden den besten Plan aushecken, um nächtliche Süßigkeitenpartys feiern zu können. Hugo kann es kaum erwarten loszufahren! Doch als seine Mutter Hugo kurz vor der Abreise mitteilt, dass sie ihm nach der Klassenfahrt etwas Wichtiges zu sagen habe, schwirren ihm die ganze Woche Fragen durch den Kopf: Haben seine Eltern im Lotto gewonnen? Wollen sie sich vielleicht scheiden lassen? Was steckt nur dahinter?

Band 5, ISBN 978-3-7855-7519-2

Loewe